图书在版编目（CIP）数据

日记九种 / 郁达夫著. -- 影印本. -- 北京 ：外文出版社，2013
ISBN 978-7-119-08466-4
Ⅰ. ①日… Ⅱ. ①郁… Ⅲ. ①日记－作品集－中国－
现代 Ⅳ. ①I266.5
中国版本图书馆 CIP 数据核字（2013）第 185348 号

出版策划：金哈达文化
责任编辑：杨春燕
内文设计：刘敬伟
装帧设计：周　飞
印刷监制：冯　浩

日记九种

郁达夫　著

© 2013　外文出版社有限责任公司
出版发行：外文出版社有限责任公司
出 版 人：徐　步
总 编 辑：徐　步
地　　址：中国北京西城区百万庄大街24号　　邮政编码 100037
网　　址：http://www.flp.com.cn　　**电子信箱**：flp@cipg.org.cn
电　　话：(010) 68320579（总编室）　(010) 52100403（发行部）
　　　　　　(010) 68327750（版权部）　(010) 68996190（编辑部）
印　　制：三河市鑫利来印装有限公司
开　　本：889mm×1194mm　1/32　　**字数**：90千字
印　　张：7.5
版　　次：2013年9月第1版　　2013年9月第1版第1次印刷
书　　号：ISBN 978-7-119-08466-4
定　　价：39.80元

目录
contents

劳生日记

（1926年11月3日—30日）

一九二六年十一月初三①。

自从五月底边起，一直到现在，因为往返于北京广州之间，心绪没有定著的时候，所以日记好久不记了。记得六月初由广州动身返京，于旧历端午节到上海，在上海住了两夜，做了一篇全集的序文；因为接到了龙儿的病电，便匆匆换船北上。到天津是阴历五月初十的午前，赶到北京，龙儿已经埋葬了四天多了。暑假中的三个月，完全沉浸在悲哀里。阴历的八月半后迁了居，十数天后出京南下，在上海耽延了两星期之久，其间编了一期第五期的《创造》月刊，做了一篇《一个人在途上》的杂文，仓皇赶到广州，学校里又起了风潮，我的几文薄俸，又被那些政客们抢去了。

在文科学院闷住了十余天，昨日始搬来天官里法科学院居住，把上半年寄存在学校里的书箱打开来一看，天呀天呀，你何以播弄得我如此的厉害，竟把我这贫文士的最宝贵的财产，糟蹋尽了。啊啊！儿子死了，女人病了，薪金被人家抢了，最后连我顶爱的这几箱书都不能保存，我真不晓得这世上真的有没有天帝的，我真不知道做人的余味，还存在那里？我想哭，我想咒诅，我想杀人。

今天是礼拜三，到广州是前前礼拜的星期五，脚踏广州地后，又是十二三天了，我这一回真悔来此，真悔来这一个百越文身的蛮地。北京的女人前几天有信来，悲伤得很，我看了也不能不为她落泪，今天又作了两封信去安慰她去了。

天气晴朗，好个秋天的风色，可惜我日暮途穷，不能细玩岭表的秋景，愧煞恨煞。

搬来此地，本也为穷愁所逼，想着译一点新书，弄几个钱寄回家去，想不到远遁到此，还依旧有俗人来袭，托我修书作荐，唉唉，我是何人？我那有这样的权力？真教人气死，真教人愤死！

（今天）是旧历的九月廿八，离北京已经有一个多月了。我真不晓得荃君是如何的在那里度日，我更不知道今年三月里新生的熊儿亦安好否？

晚上读谷崎润一郎氏小说《痴人之爱》。

四日，星期四，旧历九月廿九。

午前在床上，感觉得凉冷，醒后在被窝里看了半天《痴人之爱》。早餐后做《迷羊》，写到午后，写了三千字的光景。头写晕了，就出去上茶楼饮茶。一出屋外，看看碧落，真觉得秋天的可爱。三点多钟去中山大学会计课，领到了一月薪水。回来作信与荃君，打算明早就去汇一百六十块钱寄北京。唉唉！贫贱夫妻，相思千里，我和她究竟不识要那一年那一日才能合住在一块儿。

晚上上东山去，《迷羊》作成后，想写一篇《喀拉衣儿和他的批评态度》寄给《东方杂志》，去卖几个钱。作上海郑心南的信。

初五日②，今天是旧历的十月初一，星期五。

昨晚上因为领到了一月薪水，心里很是不安，怕汇到了北京，又要使荃君失望，说："只有这一点钱。"实在我所受的社会的报酬，也太微薄了。上床之后，看了半天书，一直到十二点钟才睡着，所以今天一早醒来，觉得有点头痛。天气很晴爽，出去出恭的时候，太阳刚从东方小屋顶上起来，一阵北风，吹得我打了两个冷痉。

九点钟的时候，去邮局汇钱，顺便在"清一色"吃了饭。十二点前后去教会书馆看书，遇见了一位岭南大学的学生。同他向海珠公园、先施天台逛了两个钟头。回来想睡一觉午睡，但又睡不着。

午后三点去学校出版部看了报，四点钟到家吃晚饭。

晚餐后出去散了一次步，想往西关大新公司去看坤戏，因为搭车不舒服，就不去了。回来写了两张小说，《迷羊》的第一回已经写完，积有五千多字了。作寄上海出版部的信，要他们为我去买两本外国书寄来。

六日，星期六，旧历十月初二日。

午前起床后，见天日晴和，忽想到郊外去散步，小说又做不下去了。到学校办事处去看了报，更从学校坐车到了西堤，在大新公司楼上，看了半天女伶的京戏，大可以助我书中的描写。晚上和同事们去饮茶，到十点钟才回来。

七日，日曜，晴爽。

　　午前起来，觉得奔头无路。走到天日的底下，搔首问天，亦无法想。昨晚上接到了一位同乡来告贷的苦信，义不容辞，便亲自送了十块钱去。顺便去访石君蘧青，谈到中午十二点，至创造社分部，遇见了仿吾、王独清诸人。在茶楼饮后，同访湖南刘某，打了四圈牌，吃了夜饭，才回寓来。

八日，月曜，晴。

　　天气很好，而精神不快，一天没有做什么事情。《迷羊》只写了两页，千字而已。午前把Turgenieff's *Clara Militch*③读了，不甚佳。我从前想做《人妖》，后来没有做完，就被晨报馆拿去了，若做出来，恐怕要比杜葛纳夫的这篇好些。午后睡了一个多钟头，是到广东后第一次的午睡。

　　午后在家看A.Wilbrandt④的小说 *Der Saenger*⑤，看了三十余页，亦感不出他的好处来，不过无论如何，比中国现代的一般无识无知的自命为作家做的东西，当然要强百倍。晚饭后，无聊之极，上大街去跑了半天。洗了一回澡，明天起，要紧张些才好，近两三年来，实在太颓丧了，可怜可惜。

九日，火曜，旧历十月初五日。

今晨学校内有考试，午前九时，出去监考。吃中饭的时候，和戴季陶氏谈了些关于出版部的事情，想于一礼拜内，弄一个编辑部的组织法出来。

午后无事忙，在太阳底下走得热得很，想找仿吾又找不见，所以上西关大新公司屋顶去玩了半天。晚上在聚丰园饮酒，和仿吾他们，谈到夜半才回来。今天上东山去，知沫若的小女病了，曾去博爱病院看了一次病。

十日，水曜，晴朗，不过太热，似五月天气。

午前去监考，一直到午后四点钟。到创造社分部去坐了一忽。回来吃晚饭，喝了一瓶啤酒，想起北京的荃君和小孩，又哭了一阵。晚上入浴，好象伤了风。作北京的家信。

十一日，木曜，晴，热，旧历十月初七日。

早晨又头痛不可耐，勉强去学校看试卷，看到午后二时才回来。一种孤冷的情怀，笼罩着我，很想脱离这个污浊吐不出气来的广州。在街上闲步，看见了一对从前我认识的新结婚的夫妇。啊啊！以后我不知道自家更有没有什么作为了，我很想振作。

晚上月亮很好，可惜人太倦了，不能出去逛。看我在过去一礼拜内所做的文字，觉得很不满意，然而无论如何，我总要写它（《迷羊》）完来。

仿吾、独清两人，为《洪水》续出，时来逼我的稿子，我因为胆小，有许多牢骚不敢发。可怜我也老了，胆量缩小了。

明天中午，有人邀我去吃饭，我打算于明日起，再来努力，再来继续我两三年前奋斗的精神。

喝了一杯酒，又与同乡的某某辈谈了半天废话。今天是倦了，倦极了。打算从明天起，再发愤用功。

十二日，金曜，晴，旧历十月初八日。

我自离家之后，已有一个半月，这七八天内，没有接到荃君的来信，心里很是不快。

今朝是中山先生的诞期，一班无聊的政客恶棍，又在讲演，开纪念会，我终于和他们不能合作，我觉得政府终于应该消灭的。

午前读普须金的小说《Die Pique Dame》⑥一篇。虽则像一短篇，然而它的地位很重要。德文译者说，这一篇东西，在俄国实开写实派、心理派之先路。男主人公之Hermann⑦象征德国影响，为Dostoieffsky⑧之小说《罪与罚》之主人公Rodion Raskolnikow⑨之模形，或者也许不错，Pushkin⑩的撰此小说，在一八三四年。

中午去东山吴某处午膳，膳后同他去访徐小姐，伊新结婚，和她的男人不大和睦。陪她和他们玩了半天，在南园吃晚饭，回来后，已经十一点多了。

晚上睡不著，看日本小说《望乡》。

十三日，土曜，晴（十月初九）。

今天一早就醒了，作了一封北京的家信。赴学校监考，一直到下午四点半止。就和仿吾到分部去坐了一忽。

洗澡，在陆园饮茶当夜膳。今天课堂上，遇见了薛姑娘，她只一笑，可怜害了她答案都没有做完。

十四日，日曜，雨（十月初十日），凉冷。

到广州后，今天总算第一次下雨，天气也凉起来了，颇有些秋意。昨晚接到杨振声一信，说《现代评论》二周年纪念册上，非要我做一篇文章不可，我想为他们写一点去。

午前上东山去，见了一位姓麦的女孩，系中山大学的文预科学生，木天[11]正在用死力和她接近。

打牌打到晚上，在大雨之下，在昏暗的道上，我一个人走回家来。到家的时候，已经是十点多了，灯下对镜，一种落魄的样子，自家看了，也有点怜惜。就取出《水云楼词》来读了几阕：

黄叶人家，芦花天气，到门秋水成湖。携尊船过，帆小入菰蒲。谁识天涯倦客，野桥外，寒雀惊呼。还惆怅，霜前瘦影，人似柳萧疏。

愁予。空自把乡心寄雁，泛宅依凫，任相逢一笑，不是吾庐。漫托鱼波万顷，便秋风难问莼鲈。空江上，沉沉戍鼓，落日大旗孤。

十五日，月曜，今天又雨，天奇冷。旧历十月十一日也。

午前起来，换上棉衣，又想起了荃君和熊儿。儿时故乡的寒宵景状，也在脑里萦回了好久，唉，我是有家归未得！

午前本要去看试卷的，但一则因为天雨，二则因为头痛人倦，所以不去。在雨天之下，往长街上走了一转，身上的棉衣，尽被雨淋湿了。在学校的宿舍里，遇见伯奇，他告诉我说："白薇来广州了。"他的意思，是教我去和她接近接近，可以发生一点新的情趣，但是我又那里有这一种闲情呢？老了，太老了，我的心里，竟比中国的六十余岁的老人还要干枯落寞。午后在家里睡觉，读小说《望乡》。

十六日，阴雨，火曜，旧历十月十二日也。

午前在家中不出，读小说《望乡》。午后赴分部晤仿吾，因即至酒馆饮酒，在席上见了白薇女士。她瘦得很，说话的时候，带着鼻音，憔悴的样子，写在她的身子脸上。在公园的黄昏细雨里，和她及独清、仿吾走了半天，就上西关的大新天台去看戏，到半夜才回来。

十七日，阴晴，水曜。旧历十月十三日也。

昨天发了三封信，一封给武昌张资平，一封给天津玄背社，一封给上海徐葆炎。盼北京的信不来，心里颇为焦急。早晨到学校去看报，想把中山大学内的编辑委员会组织案来考虑一下，终于没有写成功。

仿吾要我去上海，专办出版部的事情，我心里还没有决定，大约总须先向学校方面交涉款子，要他们付清我的欠薪之后，才能决定。接上海蒋光赤来信，他也是和仿吾一个意见，要我在上海专编《创造》，作文学生涯，然而我心里却很怕，怕又要弄得精穷。

午后和戴季陶氏谈出版部事，他有意要我办一种小丛书。我本想辞职，他一定不肯让我辞。领了八九两月份的残余薪水，合计起来，只有一百余元而已。

十八日，木曜（十月十四），晴了。

早晨就跑到西关邮政局去汇了一百块钱给北京的荃君。午前就在市上跑来跑去跑了半天。

午后遇见王独清、穆木天，吃了酒。当夕阳下山的时候，登粤秀山的残垒，看了四野的风光。晚上月亮很大，和木天、白薇去游河，又在陆园饮茶，胸中不快，真闷死人了。

十九日，金曜（旧历十月十五日），晴。

早晨起来，就觉得头昏，好象是没有睡足似的，大约是几日来荒唐的结果罢。写了一封给北京女人的信，去西关"清一色"吃了午饭，午后就在创造社分部楼上遇见了独清。他要我和白薇女士上东山去，我因为中山大学开会的原因，没有答应他，和他们在马路上分别了。

学校开会，一直开到了午后六时，坐车到东山，他们都已经不在了，一个人在东山酒楼吃了夜饭，就回来睡觉。今天接到了五六封信。

二十日，土曜，晴（十月十六）。

午前起来，头还是昏昏然不清醒，作了两封信寄北京。一封写给荃君，一封系给皮皓白，慰他的失明之痛的。

十点钟前后去夷乘那里，和他一道去亚洲旅馆看有壬，托他买三十元钱的燕窝，带回北京去。请他们两个在六榕寺吃饭，一直到午后三时才回来。

洗了一个澡，换了一身衣服，打算从今天起，再振作一番，过去的一个礼拜，实在太颓废，太不成话了。

晚上同白薇上刘家去，见了一位新结婚的L太太，说是军长T的女儿，相貌很好。同她们打了四圈牌，走回家来，天又潇潇地下起雨来了。

二十一日，日曜，阴晴（十月十七日）。

午前仿吾自黄埔来，要我上东山王独清那里去等他。等到十一点钟，他来了。大家谈了一些改组创造社内部的事情。创造社本来是我和资平、沫若、仿吾诸人惨淡经营的，现在被他们弄得声名狼藉了。大家会议的结果，决定由我去担当总务理事，在最短的时间内，去上海一次，算清存账，整理内部。我打算于二礼拜后，到上海去一趟。现代青年的不可靠，自私自利，实在出乎我意料之外，我真觉得中国是不可救药了。

午后在夷乘的岳家吃饭打牌，三点多钟，送仿吾进了病院，又到沙面外国地去走了一阵。我到广州以后，沙面还没有去过，这一次是头一趟，听说有日本店前田洋行，代卖日本新闻杂志等物，今朝并没有看见，打算隔日再去。

现在我的思想，已经濒于一个危机了，此后若不自振作，恐怕要成一个时代的落伍者，我以后想在思想的方面，修养修养。年纪到了中年，身体也日就衰老，若再醉生梦死的过去一二年，则从前的努力，将等于零，老残之躯，恐归无用，振作的事情，当自戒酒戒烟，保养身体做起。

午前写了一封信给北京的荃君，告诉伊已有二十余元钱的燕窝，托唐有壬带上了。自搬到法科学院住后，已有二十天左右，发回去的家信，还没有复书，不晓得究竟亦已送达了没有。

今天见到了婀娜夫人，她忠告我许多事情，要我也和她男人一样，能够做一点事业，我听了心里感著异样的凄凉。

晚上头痛，大约是午后吃酒过度的缘故，十一时就寝，把日文小说《望乡》读完了。

二十二日，月曜，晴，旧历十月十八日。

晨甫起床，就有一个四川的青年来访，被他苦鞠不已，好容易把他送走，才同一位同乡，缓步至北门外去散步，就在北园吃了中饭。天上满是微云，时有青天透露，日光也遗留不住，斑斓照晒在树林间。在水亭上坐着吃茶，静得可人。引领西北望，则白云山之岩石，黄紫苍灰，无色不备，真是一个很闲适的早晨。

吃完了早午膳。从城墙缺处，走回学校里来，身上的棉袍，已经觉得太热。

赴学校看报后，就和木天等到沙面的日本人开的店里去定了十二月份明年正月份的两本《改造》杂志。在沙面的外国地界走了一圈，去榕树阴里，休息了好半天，才走回学校来。

三点钟时开了一个应付印刷工人的预备会，决定于本礼拜四下午二点和他们工人代表及工会代表会商条件，大约此事是容易解决的。

晚上在学校里吃饭。七点前后，到分部去坐了一忽，同仿吾去饮茶，十点前后，才回到法科的宿舍来。

做了一半中山大学小丛书的计划书，十二点上床就寝。

二十三日，火曜，晴（十月十九）。

早晨把小丛书的计划书弄妥，到学校里看了几份报。同一位广东学生在杏香吃饭，饭后又遇见了一位江苏的学生，和他在旧书店里走了几个钟头，买了一册Edna Lyall[12]的小说《A Hardy Norseman》[13]（1889）读了几页，觉得描写的手腕，实在不高明。我从前已经读过这一个著者的一册小说《Donovan》[14]了，觉得现在的这一本她晚年的作品，还赶不上她的少作。按此小说家本名Ada Ellen Bayley[15]，卒于一九〇三年，有《Wonby Waiting》（1879）、《Donovan》（1882）、《We Two》（1884）、《Doreen》（1894）、《Hope the Hermit》（1898）[16]等小说，都不甚好，当是英国第三四流的女作家。

午后三四点钟，洗了澡，去会季陶，没有会到，就把计划书搁下，走了。

上第二医院去看仿吾，见他缚了脚，横躺在白色床里，坐了十几分钟，就出来至"清一色"吃夜饭，身上出了一阵大汗。

今天接了荃君的一封信，说初次寄的一百六十元，已接到了，作回信，教她好好的保养身体。

二十四日，水曜（十月二十），晴。

午前起床后，觉得天空海阔，应出外去翱翔。从法科学院后面的山上，沿了环城马路，一真的走上粤秀山的废墟去吊了半天的古。太阳晒得很烈，棉袄觉得穿不住了，便从一条小道，经过女师门前，走向公园旁的饭馆。

独酌独饮，吃了个痛快，可是又被几个认识的人捉住了，稍觉得头痛。午后在学校开会，遇见了一件很不舒服的事情。

晚上在大钟楼聚餐，因为多喝了几杯酒，觉得很头痛。今天一天，总算把不快活的事情经验尽了；朋友的事情，多言的失著，创造社的分裂，无良心的青年的凶谋。

二十五日，木曜（十月，廿一日），晴。

午前又有数人来访，谈到十一点钟，我才出去。喝了一瓶啤酒，吃了一次很满足的中饭，午后上学校去和工人谈判。等了半个多钟头，印刷工人不来，就同黄女士上东山去玩了半天，回寓居，已经是晚上十点钟了。

今天气力疏懈，无聊之至，想写信至北京，又不果。

二十六日，金曜，（二十二日）晴。

午前九时半至学校看报，有A.E. Housman's《Last Poems》[17]一册，已为水所浸烂，我拿往学校，教女打字员为我重打一本。这好乌斯曼的诗，实在清新可爱，有闲暇的时候，当介绍他一下。

中午与同乡数人，在"妙奇奇"吃饭，饮酒一斤，已有醉意，这两天精神衰颓，身体也不好，以后总要振作振作才好。

接到上海寄来Eugene O'neil's DramaticWorks（《〈The Moon of Caribees〉& Other 6 plays》，《Beyond the Horizon》.）[18]二册，看了一篇，觉有可译的价值。

阅报知国民政府有派员至日本修好消息，我为国民政府危，我也为国民政府惜。

午后五时约学生数人在聚丰园吃饭。饭后到创造社分部，晤仿吾，决定于五日后启行，到上海去整理出版部的事情，广州是不来了，再也不来了。见了周某骂我的信，气得不了，就写了一封快信去北京，告诉家中，于五日后动身的事情。

二十七日，土曜。（十月二十三日）晴，热。

今天天气只能穿单衫，早晨起，犹着棉袄，中午吃饭的时候，真热得不了。去沙面看书，《改造》十一月号还没有来，途中遇仿吾，就同他上"清一色"去吃午饭。席间谈创造社出版部的事情，真想得没有办法。人心不良，处处多是阴谋诡计，实在中国是没有希望了。这一批青年，这一批下劣的青年，真不晓得如何才能改善他们。

我决定于二三天之内启行，到上海去一趟，不过整理的事情，真一时不知道从何处说起。午后译书三四页，系Eugene O'neill[19]的一幕剧。

晚上见了周某的信，心里又气得不了，他要这样的诋毁我，不晓他的用意何在。

二十八日，日曜（二十四日），阴晴，热。

午前有同乡某来，和他谈了些天，想去看几个同乡在充军人者，访了几处，都没有见到。在一家小馆子里吃了一瓶啤酒，吃了点心，又到创造社分部去谈到午后。

午后天气转晴了，但是很热，跑到东山，找朋友多没有遇见。和潘怀素跑了一个午后，终于在东方酒楼吃了夜饭才回。大家在今天午后，感到了一种孤独，分手之际，两人都说So traurig bin ich noch nie gewesen! [20]

又遇见了王独清，上武陵酒家去饮了半宵，谈了些创造社内幕的天，总算胸中痛快了一点。九点钟入浴，晚上睡不安稳，因为蚊子太多的缘故。

二十九日，日曜，（二十五日）阴晴。

今天怕要下雨，天上浮云飞满，但时有一点两点的青天出露，或者也会晴爽起来的。

无聊之至，便跑上理发馆去理发。一年将尽，又是残冬的急景了，我南北奔跑，一年之内毫无半点成绩，只赢得许多悲愤，啊，想起来，做人真是没趣。

午后去学校，向戴季陶及其他诸委员辞去中大教授及出版部主任之职。明日当去算清积欠。夜和白薇及其他诸人去逛公园，饮茶，到十一点钟才回来。天闷热。

十一月三十日，火曜，（旧历十月二十六日）雨。

早晨醒来，就觉得窗外在萧萧下雨。午前作正式辞职书两封，因恐委员等前来劝阻，所以想了一个很好的方法。十点钟的时候，去访夷乘，托了他一点琐事，他约我礼拜六午前去候回音。

中午在经致渊处吃午饭，午后无聊之极，幸遇梁某，因即与共访薛姑娘，约她去吃茶，直到三时。回来睡到五时余，出去买酒饮，并与阿梁去洗澡，又回到芳草街吃半夜饭，十一时才回到法校宿舍来睡觉，醉了，大醉了。

十一月日记尽于此，从明日起，我已无职业，当努力于著作翻译，后半生的事业，全看今后的意志力能否坚强保持。总之有志者事竟成，此话不错。

记于广州之法科学院

注释：

---

① 初三，即三日。郁达夫日记写作"初三"。

② 初五日，即五日。郁达夫日记写作"初五日"。

③ Turgenieff's *Clara Militch*（英文），屠格涅夫的《克拉拉·米利奇》。郁达夫将"Turgenief"译作"杜葛纳夫"，今通译为"屠格涅夫"。屠格涅夫，19世纪俄罗斯作家，著有《猎人笔记》、《父与子》等，是享有世界声誉的现实主义大师。

④ A.Wilbrandt（德文），A·维尔布兰特。

⑤ *Der Saenger*（德文），《歌者》，系A·维尔布兰特所著的小说作品。

⑥ *Die Pique Dame*（德文），《黑桃皇后》，俄罗斯诗人普希金的短篇小说，郁达夫将"普希金"译为"普须金"。

⑦ Hermann，赫尔曼。

⑧ Dostoieffsky，陀思妥耶夫斯基，19世纪俄罗斯作家，是与屠格涅夫、托尔斯泰齐名的俄罗斯文学大师。

⑨ Rodion Raskolnikow，罗季昂·拉斯柯尔尼科夫，陀思妥耶夫斯基小说《罪与罚》中的人物，是一个穷大学生。

⑩ Pushkin，普希金，俄罗斯诗人。

⑪ 木天，即穆木天，原名穆敬熙，吉林伊通县靠山镇人。中国现代诗人、翻译家，象征派诗人的代表人物。1921年加入创造社，是创造社的成员之一。

⑫ Edna Lyall（英文），埃德娜·莱尔，19世纪英国女作家。

⑬ *A Hardy Norseman*（英文）《强壮的挪威人》，埃德娜·莱尔的小说作品。

⑭ *Donovan*（英文）《多诺万》。

⑮ Ada Ellen Bayley（英文），艾达·埃伦·贝利。

⑯ *Wonby Waiting*（1879）、*Donovan*（1882）、*We Two*（1884）、*Doreen*（1894）、*Hope the Hermit*（1898）（英文），《靠等待取胜》、《多诺万》、《咱们俩》、《多琳》、《希望隐士》。

⑰ A.E.Housman's *Last Poems*（英文），A·E·豪斯曼的《最后的诗篇》。

⑱ Engene O'neil's Dramatic Works（*The Moon of Caribees & Other 6 plays.*）（Beyond the Horizon.），尤金·奥尼尔的剧作（《<加勒比海的明月>和其他六种剧作》，《越过地平线》）。

⑲ Eugene O'neill，尤金·奥尼尔。

⑳ So traurig binich noch nie gewesen（德文），我从未如此悲哀。

病闲日记

（1926年12月1日—14日）

一九二六年十二月在广州

一日，阴晴，旧历十月二十七日，星期三。

今朝是失业后的第一日。早晨起来，就觉得是一个失业者了，心里的郁闷，比平时更甚。天上有半天云障，半天蓝底。太阳也时出时无。凉气逼人。

一早就有一位不相识的青年来，定要我去和他照相，不得已勉强和他去照了一个。顺便就走到创造社出版部广州分部去坐谈，木天和麦小姐，接着来了，杂谈了些闲天，和他们去"别有村"吃中饭。喝了三大杯酒，竟醉倒了，身体近来弱，是一件大可悲的事情。

回到分部，仿吾也自黄埔返省，谈了些整理上海出版部的事情，一直到夜间十时，总算把大体决定了。

今天曾至学校一次，问欠薪事，因委员等不在，没有结果。

接了荃君的来信，伤感之至，大约三数日后，要上船去上海，打算在上海住一月，即返北京去接家眷南来。

此番计自阳历十月二十日到广州以来，迄今已有四十余天了，这中间一事也不做，文章也一篇都写不成功，明天起，当更努力。

二日，阴，星期四，旧历十月二十八日。

天气不好，人亦似受了这支配，不能振作有为，今天又萎靡得不了。午前因为有同乡数人要来，所以在家里等他们，想看书，也看不

024

进去，只写了一封给荃君的信。

十时左右，来了一位同乡的华君，和他出去走了一阵，便去访夷乘。在夷乘那里，却遇见了伍某，他请我去吃饭，一直到了午后的三时，才从"西园酒家"出来，这时候天忽大晴且热。

和仿吾在创造社出版部分了手，晚上在家中坐着无聊，因与来访者郭君汝炳，去看电影。是Alexander Dumas①的《The three Musketeers》②，主角D'Artangan③系由Douglas Faibanks④扮演，很有精彩，我看此影片，这是第二回了，第一回系在东京看的，已经成了四五年前的旧事。

郭君汝炳，是我的学生，他这一回知道了我的辞职，并且将离去广州，很是伤感，所以特来和我玩两天的，我送了他一部顾梁汾的《弹指词》。

晚上回来，寂寥透顶，心里不知怎么的总觉得不快。

三日，晴，星期五，旧历十月二十九日。

午前九时，又有许多青年学生来访，郭君汝炳于十时前来，赠我《西泠词萃》四册和他自己的诗《晚霞》一册。

和他出去到照相馆照相。离情别绪，一时都集到了我的身上。因为照相者是一个上海人，他说上海话的时候，使我忆起了别离未久的上海，忆起了流落的时候每在那里死守着的上海，并且想起了此番的又不得不仍旧和往日一样，失了业，落了魄，萧萧归去的上海。

照相后，去西关午膳，膳后坐了小艇，上荔枝湾去。天晴云薄，江水不波，西北望白云山，只见一座紫金堆，横躺在阳光里，是江南晚秋的烟景，在这里却将交入残冬。一路上听风看水，摇出白鹅潭，横斜又到了荔枝湾里，到荔香园上岸，看了凋零的残景，衰败的亭台，颇动着张翰秋风之念。忽而在一条小路上，遇见了留学日本时候的一位旧同学，在学校里此番被辞退的温君。两三个都是不得意的闲人，从残枝掩覆着的小道，走出荔香园来，对了西方的斜日，各作了些伤怀之感。

在西关十八甫的街上，和郭君别了，走上茶楼去和温君喝了半天茶。午后四五点钟，仍到学校里去了一趟，又找不到负责的委员们，薪金又不能领出，懊丧之至。

晚上又有许多年青的学生及慕我者，设筵筵于市上，席间遇见了许多生人，一位是江苏的姓曾的女士，已经嫁了，她的男人也一道在吃饭，一位是石蘅青的老弟，态度豪迈，不愧为他哥哥的弟弟。白薇女士也在座，我一人喝酒独多，醉了。十点多钟，和石君洪君白薇女士及陈震君又上电影馆去看《三剑客》。到十二点散戏出来，酒还未醒。路上起了危险的幻想，因为时候太迟了，所以送白薇到门口的一段路上，紧张到了万分，是决定一出大悲喜剧的楔子，总算还好。送她到家，只在门口迟疑了一会，终于扬声别去。

这时候天又开始在下微雨，回学校终究是不成了，不得已就坐了洋车上陈塘的妓窟里去。午前一点多钟到了陈塘，穿来穿去走了许多狭斜的巷陌，下等的妓馆，都已闭门睡了。各处酒楼上，弦歌和打麻雀声争喧，真是好个销金的不夜之城。我隔雨望红楼，话既不通，钱又没有，只得在闹热的这一角腐颓空气里，闲跑瞎走，走了半个多钟头，觉得象这样的雨中飘泊，终究捱不到天明，所以就摸出了一条小巷，坐洋车奔上东堤的船上去。

夜已经深了，路上只有些未曾卖去的私娼和白天不能露面的同胞在走着。到了东堤岸上，向一家小艇借了宿，和两个年轻的蛋妇，隔着一重门同睡。她们要我叫一个老举来伴宿，我这时候精神已经被耗蚀尽了，只是摇头不应。

在江上的第一次寄生，心里终究是怕的，一边念着周美成的《少年游》：

并刀如水，吴盐胜雪，纤指破新橙。锦幄初温，兽香不断，相对坐调笙。低声问，"向谁行宿？"城上已三更。马滑霜浓，不如休去，直是少人行。(《感旧》)

一边只在对了横陈着的两蛋妇发抖，一点一滴的数着钟声，吸了几枝烟卷，打死了几个蚊子，在黑黝黝的洋灯底下，在朱红漆的两艇中间，在微雨的江上，在车声脚步声都已死寂了的岸头，我只好长吁短叹，叹我半生恋爱的不成，叹我年来事业的空虚，叹我父母生我的时日的不辰，叹着，怨着，偷眼把蛋妇的睡态看着，不知不觉，也于午前五点多钟的时候入睡了。

四日，星期六，旧历十月三十日，阴云密布，却没有下雨。

七点钟的时候醒来，爬出了乌冷的船篷，爬上了冷静的堤岸，同罪人似的逃回学校的宿舍，在那里又只有一日的"无聊"很正确的，很悠徐的，狞笑着在等我。啊啊，这无意义的残生，的确是压榨得我太重了。

回家来想睡又睡不着，闲坐无聊，却想起了仿吾等今日约我照相的事情。去昌兴街分部坐了许多时，人总不能到齐，吃了午饭，才去照相馆照相。这几日照相太多，自家也觉得可笑，若从此就死，岂不是又要多留几点形迹在人间，这真与我之素愿，相违太甚了。

午后四点多钟，和仿吾去学校。好容易领到了十一月份的薪水。赶往沙面银行，想汇一点钱至北京，时候已太迟了。

晚上又在陈塘饮酒，十点钟才回来，洗澡入睡，精神消失尽了。

五日，日曜，旧历十一月初一日，晴。

早晨起来，觉得天气好得很，想上白云山去逛，无奈找不到同伴，只剩了一个人跑上同乡的徐某那里，等了一个多钟头，富阳人的羁留在广东者都来了，又和他们拍了一张照片。

午后和同乡者数人去大新天台听京戏。日暮归来，和仿吾等在玉醪春吃晚饭，夜早眠。

六日，星期一，十一月初二日，晴。

早晨跑上邮局去汇了一百四十元大洋至北京。在"清一色"吃午饭，回家来想睡，又有人来访了，便和他们上明珠影画院去看电影，晚上在"又一春"吃晚饭。饭后和阿梁上观音山去散步，四散的人家，一层烟雾，又有几点灯光，点缀在中间。风景实在可爱。晚风凉得很，八点前后，就回来睡了。

七日，星期二，十一月初三日，阴，多风。

午前在家闷坐，无聊之极，写了一首《风流事》，今晚上仿吾他们要为我祝三十岁的生辰，我想拿出来作一个提议：

小丑又登场。
大家起，为我举离觞。
想此夕清樽，千金难买，
他年回忆，未免神伤。
最好是，题诗各一首，写字两三行。
踏雪鸿踪，印成指爪，
落花水面，留住文章。
明朝三十一。

数从前事业，羞煞潘郎。

只几篇小说，两鬓青霜。

谅今后生涯，也长碌碌，

老奴故态，不改佯狂。

君等若来劝酒，醉死无妨。

（小丑登场事见旧作《十一月初三》小说中）

午后三时后，到会场去。男女的集拢来为我做三十生辰的，共有二十多人，总算是一时的盛会，酒又喝醉了。晚上在"粤东酒楼"宿，一晚睡不著，想身世的悲凉，一个人泣到了天明。

八日，星期三，旧历十一月初四日，晴。

天气真好极了，但觉得奇冷，昨晚来北风大紧，有点冬意了。早晨，阿梁跑来看我，和他去小北门外，在"宝汉茶寮"吃饭。饭后并在附近的田野里游行，总算是快快活活的过了一天，真是近年来所罕有的很闲适地过去的一天。

午后三四点钟，去访薛姑娘。约她出来饮茶，不应，复转到创造社的分部坐了一会。在街上想买装书的行李，因价贵没有买成。

晚上和白薇女士等吃饭，九点前返校。早睡。

接到了天津玄背社的一封信。说我写给他们的信，已经登载在《玄背》上，来求我的应许的。

九日，星期四，十一月初五，晴。

早晨阿梁又来帮我去买装书的行李，在街上看了一阵，终于买就了三只竹箱。和阿梁及张曼华在一家小饭馆吃饭。饭后至中山大学被朋友们留住了，要我去打牌。自午后一点多钟打起，直打到翌日早晨止，输钱不少，在"擎天酒楼"。

十日，星期五（十一月初六），先细雨后晴。

昨晚一宵不睡，身体坏极了，早晨八点钟回家，睡也睡不着。阿梁和同乡华其昌来替我收书，收好了三竹箱。和他们又去那家小饭馆吃了中饭，便回来睡觉，一直睡到午后四时。刚从梦里醒来，独清和灵均来访我，就和他们出去，上一家小酒馆饮酒去。八点前后从酒馆出来，上国民戏院，去看Thackeray⑤的《Vanity fair》⑥电影。究竟是十八世纪前后的事绩，看了不能使我们十分感动。晚上十点钟睡觉，白薇送我照相一张。很灵敏可爱。

十一日，星期六，十一月初七，晴，然而不清爽。

同乡的周君客死在旅馆里。早晨起来，就有两位同乡来告我此事，很想去吊奠一番，他们劝我不必去，因为周君的病是和我的病一样的缘故。

和他们出去访同乡叶君，不遇，就和他们去北门外"宝汉茶寮"吃饭。饭后又去买了一只竹箱，把书籍全部收起了。

仿吾于晚上来此地，和他及木天诸人在陆园饮茶。接了一封北京的信，心里很是不快活，我们都被周某一人卖了。

武昌张资平也有信来，说某在欺骗郭沫若和他，弄得创造社的根基不固，而他一人却很舒服的远扬了。唉，人心不古，中国的青年，良心真丧尽了。

十二日，星期日（初八日），夜来雨，今晨阴闷。

晨八时起床，候船不开，郭君汝炳以前礼拜所映的相片来赠。与阿梁去西关，购燕窝等物，打算寄回给母亲服用的。

在"清一色"午膳，膳后返家，遇白薇女士于创造社楼上。伊明日起身，将行返湖南，托我转交伊在杭州之妹的礼物两件。

晚上日本联合通信社记者川上政义君宴我于"妙奇奇"酒楼，散后又去游河，我先返，与白薇谈了半宵，很想和她清谈一晚，因为身体支持不住，终于在午前二点钟的时候别去。

返寓已将三点钟了。唉，异地的寒宵，流人的身世，我俩都是人类中的渣滓。

十三日，星期一（初九），阴闷。

奇热，早晨访川（山）⑦上于沙面，赠我书籍数册。和他去荔枝湾游。回来在太平馆吃烧鸽子。

他要和我照相，并云将送之日本，就和他在一家照相馆内照相。晚上仿吾、伯奇饯行，在"聚丰园"闹了一晚。

白薇去了，想起来和她这几日的同游，也有点伤感。可怜她也已经白过了青春，此后正不晓得她将如何结局。

十四日，星期二，（初十）雨，闷，热。

午前赴公票局问船，要明日才得上去。这一次因为自家想偷懒，所以又上了人家的当，以后当一意孤行，独行我素。

与同乡华君，在"清一色"吃饭，约他于明天早晨来为我搬行李，午后在创造社分部，为船票事闹了半天，终无结果。决定明日上船，不管它开不开，总须于明早上船去。

昨日接浩兄信，今日接曼兄信，他们俩都不能了解我，都望我做官发财，真真是使我难为好人。

晚上请独清及另外的两位少年吃夜饭，醉到八分。此番上上海后，当戒去烟酒，努力奋斗一番，事之成败，当看我今后立志之坚不坚。我不屑与俗人争，我尤不屑与今之所谓政治家争，百年之后，容有知我者，今后当努力创作耳。

自明日上船后，当不暇书日记，病闲日记之在广州作者，尽于今宵。行矣广州，不再来了。这一种龌龊腐败的地方，不再来了。我若有成功的一日，我当肃清广州，肃清中国。

十二月十四晚记

注释：

———————————————————————————————

① Alexander Dumas（英文），亚历山大·仲马，通常译为大仲马，与其子小仲马有所区别。大仲马是法国19世纪浪漫主义作家，著有《基督山伯爵》等作品。

② *The three Musketeers*（英文），《三剑客》（也译为《三个火枪手》），大仲马的小说作品。

③ D'Artangan，达达尼昂。《三剑客》中的人物，是一个名年轻的剑客。

④ Douglas Faibanks（英文），道格拉斯·费尔班克斯。

⑤ Thackeray（英文），萨克雷，英国著名小说家，是维多利亚时代的代表人物，以《名利场》一书最为知名。

⑥ *Vanity fair*（英文），《名利场》。

⑦ 山上，应为"川上"，疑为作者笔误。前一日的日记中，作者曾提到"日本联合通信社记者川上政义"。

村居日记

（1927年1月1日—31日）

一九二七年一月一日，在上海郊外，艺术大学楼上客居。

　　自一九二六年十一月三日起，到十二月十四日止，在广州闲居，日常琐事，尽记入《劳生日记》、《病闲日记》二卷中。去年十二月十五，自广州上船，赶回上海，作整理创造社出版部及编辑月刊《洪水》之理事。开船在十七日，中途阻风，船行三日，始过汕头。第四天中午，到福建之马尾，（为十二月廿一日）。翌日上船去马尾看船坞，参谒罗星塔畔之马水忠烈王庙，求签得第二十七签；文曰："国泰民安，风调雨顺，山明水秀，海晏河清。"是日为冬至节，庙中管长，正在开筵祝贺，见了这签诗，很向我称道福利。翌日船仍无开行消息，就和同船者二人，上福州去。福州去马尾马江，尚有中国里六十里地。先去马江，换乘小火轮去南台，费时约三小时。南台去城门十里，为闽江出口处，帆樯密集，商务殷繁，比福州城内更繁华美丽。十二点左右，在酒楼食蚝，饮福建自制黄酒，痛快之至。一路北行，天气日日晴朗，激刺游兴。革命军初到福州，一切印象，亦活泼令人生爱。我们步行入城，先去督军署看了何应钦的威仪，然后上粤山去瞭望全城的烟火。北望望海楼，西看寺楼钟塔，大有河山依旧，人事全非之感。午后三时，在日斜的大道上，奔回南台，已不及赶小火轮了，只好雇小艇一艘，逆风前进，日暮途穷，小艇濒于危急者四五次，终于夜间八点钟到船上，饮酒压惊。第二天船启行，又因风大煤尽，在海上行了二个整天，直至自福州开行后的第四日，始到上海，已经是一年将尽的十二月二十七了。

到上海后，又因为检查同船来的自福建运回之缴械军队，在码头远处，直立了五小时。风大天寒，又没有饮食品疗饥，真把我苦死了。那一天午后到创造社出版部，在出版部里住了一宵。

第二天廿八，去各处访朋友，在周静豪家里打了一夜麻雀牌。廿九日午后，始迁到这市外的上海艺术大学里来。三十日去各旧书铺买了些书，昨天晚上又和田寿昌蒋光赤去俄国领事馆看"伊尔玛童感"的跳舞，到一点多钟才回来宿。

这艺术大学的宿舍，在江湾路虹口公园的后边。四面都是乡农的田舍。往西望去，看得见一排枯树，几簇荒坟，和数间红屋顶的洋房。太阳日日来临，窗外的草地也一天一天的带起生意来了，冬至一阳生也。

昨晚在俄国领事馆看"伊尔玛童感"的新式舞蹈，总算是实际上和赤俄艺术相接触的头一次。伊尔玛所领的一队舞女，都是俄国墨斯哥国立舞蹈学校的女学生，舞蹈的形式，都带革命的意义，处处是"力"的表现。以后若能常和这一种艺人接近，我相信自家的作风，也会变过。

今天是一九二七年的元日，我很想于今日起，努力于新的创造，再来作一次《创世记》里的耶和华的工作。

中午上出版部去，谈整理部务事，明日当可具体的决定。几日来因为放纵太过，头脑老是昏迷，以后当保养一点身体。

革命军入浙，孙传芳的残部和国民革命军第二十九军在富阳对峙。老母在富阳，信息不通，真不知如何是好。

今日风和日暖，午后从创造社回来独坐在家里，很觉得无聊，就出去找到了华林，和他同去江南大旅社看了一位朋友。顺便就去宁波饭馆吃晚饭，更在大马路买了许多物件，两人一同走回家来，烧煮龙井芽茶饮后，更烤了一块桂花年糕分食，谈到八点钟，华林去了，我读William H. Davies[①]的《The Autobiography of a Supertramp》[②]。及其他的杂书。心总是定不下来，啊啊，这不安定的生活！

十点左右。提琴家的谭君来闲谈，一直谈到十二点钟才就寝。

一月二日，晴，日曜，旧历十一月廿九日。

早晨八点钟就醒了，想来想去，倍觉得自己的生涯，太无价值。

此地因为没有水，所以一起来就不能洗脸。含了烟卷上露台去看朝日，觉得这江南的冬景，实在可爱。东面一条大道，直通到吴淞炮台，屋旁的两条淞沪路轨，反映着潮红的初日，在那里祝贺我的新年，祝贺我的新生活。四周望去，尽是淡色的枯树林，和红白的住宅屋顶。小鸟的鸣声，因为量不宏多，很静寂，很萧瑟。

有早行的汽车，就在南面的江湾路上跑过，这些都是附近的乡村别墅里的阔人的夜来淫乐的归车，我在此刻，并不起嫉妒他们，咒诅他们的心思。

前几日上海的小报上，载了许多关于我的消息行动，无非是笑我无力攫取高官，有心甘居下贱的趣语，啊啊，我真老大了吗？我真没有振作的希望了吗？伤心哉，这不生不死的生涯！

十时左右上出版部去，略查了一回账，又把社内的一个小刊物的问题解决了。

午后去四马路剃发，见了徐志摩夫妇，谈浙杭战事，都觉伤心。

在马路上走了一回。理发后就去洗澡。温泉浴室真系资本家压榨穷人血肉的地方，共产政府成立的时候，就应该没收为国有。

晚上在"老东明"饮酒吃夜饭。醉后返寓，看《莲子居词话》，十二时睡觉。

三日，星期一，旧历十一月三十日，晴朗。

晨五时就醒了，四顾萧条，对壁间堆叠着的旧书，心里起了一种毒念。譬如一个很美的美人，当我有作有为的少日，她受了我的爱眷，使我得着了许多美满的饱富的欢情，然而春花秋月，等闲度了，到得一天早晨，两人于夜前的耽溺中醒来，嗒焉相对，四目空觑，当然说不出心里还是感谢，还是怀怨。啊啊，诗书误了我半生荣达！

起火烧茶，对窗外的朝日，着实存了些感叹的心思。写了三数页文章，题名未定，打算在第六期的月刊上发表。十时左右，去出版部，议昨天未了的事情。总算结了一结过去的总纠葛，此后是出版部重兴的时机了。

《洪水》第二十五期的稿子，打算于后天交出，明日当在家中伏处一天。

在出版部吃中饭，饭后出去看蒋光赤、徐葆炎兄妹，及其他的友人，都没有遇见。买了一本记Wagner[3]的小说名《Barrikader》[4]，是德国Zdenko Vou Kraft[5]做的，千九百二十年出版。看了数页，觉得作者的想象力很丰富，然而每章书上，总引有Wagner的自传一节，证明作者叙述的出处，我觉得很不好，容易使读者感到Disillusion[6]的现实。四点钟左右，坐公共汽车回家，路上遇见了周静豪夫妇。周夫人是我所喜欢的一个女性，她教我去饮酒，我就同她去了，直喝到晚上的十点钟才回家睡觉。

四日，星期二，阴历十二月初一。晴爽。

早起看报，晓得富阳已经开火了，老母及家中亲戚，正不知逃在何处，心里真不快活。

早膳后读《莲子居词话》后两卷，总算读完了。感不出好处来，只觉得讨论韵律，时有可取的地方而已。有几首词，却很好，如海盐彭仲谋《茗斋诗余》内的《霜天晓角》（卖花用竹山摘花韵）：

睡起煎茶，听低声卖花。留住卖花人问，红杏下，是谁家？儿家花肯赊，却怜花瘦些。花瘦关卿何事，且插朵，玉搔斜。

《寻芳草》（和稼轩韵）：

这里一双泪，却愁湿，那厢儿被。被窝中，忘却今夜里，上床时，不曾睡。睡也没心情，搅恼杀，雪狸撺戏。怎月儿，不会人儿意。单照见，阑干字。

无锡王宛先（一元）《芙蓉舫集》中之《醉春风》：

记得送郎时，春浓如许，满眼东风正飞絮。香车欲上，搵着啼痕软语。归期何日也，休教误。忽听疏砧，又惊秋暮。冷落黄花澹无绪。半帘残月，和着愁儿同住。相思都尽了，休重铸。

《绮罗香》（用梅溪词韵将别西湖）：

对月魂销，寻花梦短，此地恰逢春暮。绝胜湖山，能得几回留住。吊苏小，红粉西陵，咏江令，绿波南浦。看纷纷，油壁青骢，六桥总是断肠路。重来楼上凝眺，指点斜阳外，扁舟归渡。过雨垂杨，换尽旧时媚妩。牵愁绪，双燕来时，萦别恨，一莺啼处，为情痴，欲去还留？对空樽自语。

十时顷，剧作家徐葆炎君来，与谈至午后一点，出访华林，约他同到市上去闲步。天气晴暖，外面亦没有风，走过北四川路伊文思书铺，买了几本好书。

Austin Dobson：《Samuel Richardson》⑦

J.H.E. Crees：《George Meredith》⑧

Trotzky：《Literature and Revolution》⑨

用了二十元钱。又到酒馆去喝酒，醉后上徐君寓，见了他的妹妹，真是一个极忠厚的好女子，见了她我不觉对欺负她的某氏怨愤起来，啊啊，毕竟某氏是一个聪明的才子。晚上在周静豪家吃饭，太觉放肆了，真有点对周太太不起。吃完了晚饭，和华林及徐氏兄妹出来，在霞飞路一家小咖啡馆，吃了两杯咖啡，到家已经十一点钟了。

五日，星期三（十二月初二），晴。

午前醒来又是很早，起火煮茶后，就开始看《洪水》第二五期稿子，于午前看毕，只剩我的《广州事情》及《编辑后》五千字未做了。一二日内，非做成交出不可。交稿子后，就去各地闲走，在"五芳斋"吃中饭。饭后返寓，正想动手做文章，来了许多朋友，和他们杂谈半天，便与周静豪夫妇去伊家夜膳，膳后去看Gogol's《TallasBulba》⑩电影。十一时余，从电影馆出来，夜雾很大，醉尚未醒，坐洋车归。在床上看日人小说一篇，入睡时为午前一点。

六日，星期四，（初三日）晴。

午前雾大，至十二时后，始见日光。看葛西善藏小说二短篇，仍复是好作品，感佩得了不得。昨天午后从街上古物商处买来旧杂志十册，中有小说二三十篇。我以为葛西的小说终是这二三十篇中的上乘作品。

有人来访，谈创造社出版部内部整理事宜，心里很不快乐，总之中国的现代青年，根底都太浅薄，终究是不能信任，不能用的。

吃饭后去创造社出版部，又开了一次会，决定一切整理事情自明朝起实行。从创造社出来，走了许多无头路，终于找到了四马路的浴室，去洗了一个操。心身觉得轻快了一点。洗澡后，又上各处去找逃难的人民，打算找着母亲和二哥来，和他们抱头痛哭一场，然而终于找不到。自十六铺跳上电车的时候，天色已阴森森的向晚了。在法大马路一家酒馆里喝得微醉，回家来就上床入睡，今天觉得疲倦得很。

七日，星期五，阴。（十二月初四）。

早晨醒来，觉得头脑还清爽，拿起笔来就写《广州事情》，写了四千多字，总算把《洪水》二十五期的稿子写了了。一直到午后一点多钟，才拿了稿子上创造社出版部去。和同人开会议新建设的事情，到三点钟才毕。回家来的路上，买了三瓶啤酒，夜膳前喝完了两瓶。读了两三篇日文小说。晚上又出去上旧书铺闲看，买了两三本小说。一本是Beresford[11]的《Revolution》[12]，想看看英国这一位新进作家的态度（看）罢[13]。

晚上看来看去，读了许多杂书，想写小说，终觉得倦了。明朝并且要搬回创造社出版部去住，所以只能不做通宵的夜工，到十二点钟就睡了。

八日，星期六（初五），雨大风急。

晨七时即醒，听窗外雨滴声，倍觉得凄楚。半生事业，空如轻气，至今垂老无家，栖托在友人处，起居饮食，又多感不便，啊，我的荃君，我的儿女，我的老母！

本欲于今日搬至创造社出版部住，因天雨不果。午前读日人小说一篇，赴程君演生招宴，今晚当开始编《创造》第六期。

想去富阳，一探母亲消息，因火车路不通，终不能行。写信去问人，当然没有回信。战争诚天地间最大的罪恶，今后当一意宣传和平，救我民族。

汉口英人，又欺我们的同胞，听说党军已经把英租界占领了，不知将来如何结果，大约总还有后文。

在陶乐春和程君等聚餐后，已近四点钟了，到邓仲纯的旅馆去坐了一个多钟头。这时候天已放晴，地上的湿气，也已经收敛起来，不过不能见太阳光而已。

和华林在浴堂洗了澡，又上法界去看徐葆炎兄妹。他们的杂志《火山月刊》停刊，意思要我收并他们到《创造》、《洪水》中来，我马上答应了他们。

回来的时候，已经是十一点钟，在炉边和谭君兄妹谈了一会杂天，听窗外的风声很大，十二点就寝。

九日，日曜，初六，阴晴，西北风，凉冷。

早晨起来，就写小说，一直写到午后二点多钟，才到创造社出版部去。看信件后，仍复出来走了一趟。天色阴沉，心里很不快活。

三点半钟回到寓舍，正想继续做小说，田汉来了。坐谈了半点多钟，他硬要和我出去玩。

先和他上一位俄国人家里去，遇见了许多俄国的小姐太太们。谈尽三四个钟头，就在他们家里吃俄国菜。七点左右，叫了一乘汽车，请他们夫妇二人去看戏。十点前戏散，又和那两位俄国夫妇上大罗天去吃点心和酒。到十一点钟才坐汽车返寓。这一位俄国太太很好，可惜言语不通。

十日，月曜，初七，晴爽。

早晨起来，觉得天气太好，很想出去散步。但那篇小说还没有做完，第六期《创造》月刊也没有编好，所以硬是坐下来写，写到午后二点多钟，竟把那篇小说写完了，名《过去》，一共有万二千字。

出去约华林上创造社出版部去。看了许多信札，又看了我女人的来书，伤心极了。她责备我没有信给她，她说在雪里去前门寄皮袍子来给我，她又说要我买些东西送归北京去。我打算于《创造》六期编完后，再复她的信。

在酒馆和华林喝了许多酒，即上法界一位朋友那里去坐。他说上海法科大学要请我去教德文，月薪共四十八元，每一礼拜六小时，我也就答应了。

七点前后，在一家清真馆子里吃完晚饭，便上"恩派亚戏园"去看电影。是一个历史影片，主演者为John Barrymore[14]，情节还好，导演也好，可惜片子太旧了。明天若月刊编得好，当于午后三点钟去Carlton[15]看《Merry Widow》[16]去。

今天的一天，总算成绩不坏，以后每天总要写它三千字才行。月刊编好后，就要做《迷羊》了。这一篇小说，我本来不想把它做成，但已经写好了六千多字在这里，做成来也不大费事。并且由今天的经验看来，我的创作力还并不衰，勉强的要写，也还能够写得出来，且趁这未死前的两三年，拚它一拚命，多做些东西罢！

未成的小说，在这几月内要做成的，有三篇：一，《蜃楼》；二《她是一个弱女子》；三，《春潮》。此外还有广东的一年生活，也尽够十万字写，题名可作《清明前后》，明清之际的一篇历史小说，也必须于今年写成才好。

为维持生活计，今年又必须翻译一点东西。现在且把可翻译或必翻译的书名开在下面：

一、杜葛纳夫小说《Rudin》、《Rauchen》、《Fruehlings Wogen》[17]。

二、Lermontov's《Ein Held unserer Zeit》[18]。

三、Sundermann's《Die Stille Muehle》[19]。

四、Dante's《Das neue Leben》[20]。

此外还有底下的几种计划：

一、做一本《文学概论》。

二、扩张《小说论》内容，作成一本《小说研究》。

三、做一本《戏剧论》。

四、做一部《中国文学史》。

五、介绍几个外国文人如《Obermann》[21]作者Senaneourt，Amiel，George Gissing，Mark Rutherford，James Thomson（B.v.），Clough,William Morris，Gottfried Keller，Carlyle[22]等，及各国的农民文学。

Thoreau's《Walden》[23]，也有翻译介绍一番的必要。

十一日，星期二，（旧历十二月初八）。

昨晚因为想起了种种事情，兴奋得很，一直到今日午前三点多钟，不能睡觉。天上的月亮很好，我的西南窗里，只教电灯一灭，就有银线似的月光流进来。

今天起来，已经是很迟了，把《创造月刊》第六期的稿子看了一遍，觉得李初梨的那篇戏剧《爱的掠夺》很好。月刊稿一共已合有六七万字了，我自己又做了一篇《关于编辑，介绍，以及私事等等》附在最后，月刊第六期，总算编好了。午后二点多钟，才拿到出版部去交出。

在出版部里，又听到了一个恶消息，说又有两三人合在一处弄了我们出版部的数千块钱去不计外，还有另外勾结一家书铺来和我们捣乱的计划。心里真是不快活，人之无良，一至于此。我在出版部里等候了好久，终没有人来，所以于五点前后，郁郁而出，没有法子，只好去饮酒。喝了许多白干，醉不成欢，就到Carlton[24]去看Merry Widow[25]的影片。看完了影片，已经是七点多了，又去福建会馆对门的那家酒馆，喝了十几碗酒，酒后上周家去坐谈两小时，入浴后回来，已经是半夜了。

十二日，晴快，星期三，（旧历十二月初九）。

早晨起来后，就上华林那里去吃咖啡。太阳晒得和暖，也没有寒风吹至，很想尽情地玩它一天。华林的老母和徐葆炎，倪贻德、夏莱蒂三人，接着来了，我就请他去市内吃饭，一直吃到午后三点，才分手散去。

从饭馆出来，又买了些旧书，四点前后，上出版部去。看了信札，候人不来，就又出去上徐葆炎那里，把他们的稿子拿了，和一位旧相识者上法大马路去喝酒。

酒后又去创造社，和叶某谈判了一两个钟头，心里更是忧郁，更觉得中国人的根性的卑劣，出来已经是将戒严的时候了——近日来上海中国界戒严，晚上八九点钟就不准行人往来——勉强的同那一位旧相识者上新世界去坐了半夜，对酒听歌，终感不出乐趣。到了十二点钟，郁郁而归，坐的是一路的最后一次电车。

十三日，星期四，虽不下雨，然多风，天上也有彤云满布在那里，是旧历的十二月初十了。

昨晚上接到邮局的通知书，告我皮袍子已由北京寄到，我心里真十分的感激荃君。除发信告以衷心感谢外，还想做一篇小说，卖几个钱寄回家去，为她做过年的开销。

中午云散天青，和暖得很，我一个人从邮局的包裹处出来，夹了那件旧皮袍子，心里只在想法子，如何的报答我这位可怜的女奴隶。想来想去，终究想不出好法子来。我想顶好还是早日赶回北京去，去和她抱头痛哭一场。

午膳后去出版部，开拆了许多信件以后，和他们杂谈，到午后四点钟，才走出来。本想马上回家，又因为客居孤寂，无以解忧，所以就走到四马路酒馆去喝酒。这时候夜已将临，路上的车马行人，来往得很多。我一边喝酒，一边在那里静观世态。古人有修道者，老爱拿一张椅子，坐在十字街心，去参禅理，我此刻仿佛也能了解这一种人的心理了。

喝完了酒，就去洗澡。从澡堂出来，往各处书铺去翻阅最近的出版物。在一种半月刊上，看见了一篇痛骂我做的那篇剧本《孤独的悲哀》的文字。现在年纪大了，对于这一种谩骂，终究发生不出感情来，大约我已经衰颓了罢，实在可悲可叹！怀了一个寂寞的心，走上周静豪家去。在那里又遇到了张、傅二君，谈得痛快。又加以周太太的殷勤待我，真是难得得很。在周家坐到十点前后，方才拿了两本旧书——这是我午后在街上买的——走回家来，坐车到北四川路尽头，夜色苍凉，我也已经在车上睡着了，身体的衰弱，睡眠的不足，于此可见。

十四日，星期五，晴暖如春天。

午前洗了身，换了小褂裤，试穿我女人自北京寄来的寒衣。可惜天气太暖，穿着皮袍子走路，有点过于蒸热，走上汽车，身上已经出汗了。王独清自广东来信，说想到上海来而无路费，嘱为设法。我与华林，一清早就去光华为他去交涉寄四十元钱去。这事也不晓能不能成功，当于三日后，再去问他们一次，因为光华的主人不在。从光华出来，就上法界尚贤里一位同乡孙君那里去。在那里遇见了杭州的王映霞女士，我的心又被她搅乱了，此事当竭力的进行，求得和她做一个永久的朋友。

中午我请客，请她们痛饮了一场，我也醉了，醉了，啊啊，可爱的映霞，我在这里想她，不知她可能也在那里忆我？

午后三四点钟，上出版部去看信。听到了一个消息，说上海的当局，要来封锁创造社出版部，因而就去徐志摩那里，托他为我写了一封致丁文江的信。晚上在出版部吃晚饭，酒还没有醒。月亮好极了，回来之后，又和华林上野路上去走了一回。南风大，天气却温和，月明风暖，我真想煞了霞君。

从明天起，当做一点正当的事情，或者将把《洪水》第二十六期编起来也。

十五日，星期六（旧历十二月十二）。

夜来风大，时时被窗门震动声搅醒。然而风系自南面吹来，所以爽而不凉，天上已被黑云障满了，我怕今天要下雨或雪。

午前打算迁入创造社出版部去住，预备把《洪水》二十六期来编好。

十时前后去创造社出版部，候梁君送信去，丁在君病未起床，故至十二时后，方见梁君拿了在君的复信回来。在君复信谓事可安全，当不至有意外惨剧也。饭后校《洪水》第二十五期稿，已校毕，明日再一校，后日当可出版。

午后二点，至Carlton²⁶参与盛家孙女嫁人典礼，遇见友人不少，四时顷礼毕，出至太阳公司饮咖啡数杯。新郎为邵洵美，英国留学生，女名盛佩玉。

晚上至杭州同乡孙君处，还以《出家及其弟子》译本一册，复得见王映霞女士。因即邀伊至天韵楼游，人多不得畅玩，遂出至四马路豫丰泰酒馆痛饮。王女士已了解我的意思，席间颇殷勤，以后当每日去看她。王女士生日为旧历之十二月廿二，我已答应她送酒一樽去。今天是十二月十二，此后只有十日了，我希望廿二这一天，早一点到来。今天接北京周作人信，作答书一，并作致徐耀辰、穆木天及荃君书。荃君信来，嘱我谨慎为人，殊不知我又在为王女士颠倒。

今天一天，应酬忙碌，《洪水》廿六期，仍旧没有编成功，明日总要把它编好。

王映霞女士，为我斟酒斟茶，我今晚真快乐极了。我只希望这一回的事情能够成功。

十六日，星期日，（十二月十三）雨雪。

昨晚上醉了回来，做了许多梦。在酒席上，也曾听到了一些双关的隐语，并且王女士待我特别的殷勤，我想这一回，若再把机会放过，即我此生就永远不再能尝到这一种滋味了，干下去，放出勇气来干下去吧!

窗外面在下雪，耳畔传来了许多檐滴之声。我的钱，已经（化）花完了，今天午前，就在此地做它半天小说，去卖钱去吧！我若能得到王女士的爱，那么恐怕此后的创作力更要强些。啊，人生还是值得的，还是可以得到一点意义的。写小说，快写小说，写好一篇来去换钱去，换了钱来为王女士买一点生辰的礼物。

午后雪止，变成了凉雨。冒雨上出版部去谈了一会杂天，三时前后出来街上，去访问同乡李某，想问问他故乡劫后的情形何如，但他答说"也不知道"。

夜饭前，回到寓里，膳后徐葆炎来谈到十点钟才去。急忙写小说，写到十二点钟，总算写完了一篇，名《清冷的午后》。怕是我的作品中最坏的一篇东西。

十七日，星期一，十四，阴晴。

午前即去创造社出版部。编《洪水》第二十六期，做了一篇《无产阶级专政和无产阶级的文学》，共有二千多字。编到午后，才编毕。天又下微雨了，出至四马路洗澡，又向酒馆买小樽黄酒二，送至周静豪家，差（用）佣人去邀王女士来同饮，饮至夜九时，醉了，送她还家，心里觉得总不愿意和她别去。坐到十点左右，才回家来。

十八日，星期二，十五，阴晴。

因为《洪水》已经编好，没有什么事情了，所以早晨就睡到十点多钟。孙福熙来看我，和他谈到十二点钟，约华林共去"味雅酒楼"吃午饭。

饭后至创造社，看信件，得徐志摩报，说司令部要通缉的，共有百五十人，我不晓得在不在内。

郭爱牟昨有信来，住南昌东湖边三号，有余暇当写一封长信去复他。张资平亦有信来，住武昌鄂园内。

三四点钟，又至尚贤坊四十号楼上访王女士，不在。等半点多钟，方见她回来，醉态可爱，因有旁人在，竟不能和她通一语，即别去。

晚上在周家吃饭，谈到十点多钟方出来。又到尚贤坊门外徘徊了半天，终究不敢进去。夜奇寒。

十九日，星期三，十六，快晴。

天气真好极了，一早起来，心里就有许多幻想，终究不能静下来看书做文章。十时左右，跑上方光焘那里去，和他谈了些关于王女士的话，想约他同去访她，但他因事不能来，不得已只好一个人坐汽车到创造社出版部去看信札去。吃饭之后，蒋光赤送文章来了，就和他一道去访王女士。谈了二个钟头，仍复是参商咫尺。我真不能再忍了，就说明了为蒋光赤介绍的意思。

午后五点多钟和蒋去看电影。晚饭后又去王女士那里，请她们坐了汽车，再往北京大戏院去看Elinor Glyn's《Beyond the Rock》[27]的影片。十一时前后看完影片出来，在一家小酒馆内请她们喝酒。回家来已经是午前一点多钟了。写了一封给王女士的短信，打算明天去交给她。

今晚上月亮很大，我一个人在客楼上，终究睡不着。看看千里的月华，想想人生不得意的琐事，又想到了王女士临去的那几眼回盼，心里只觉得如麻的紊乱，似火的中烧，啊啊，这一回的恋爱，又从此告终了，可怜我孤冷的半生，可怜我不得志的一世。

茫茫来日，大难正多，我老了，但我还不愿意就此而死。要活，要活，要活着奋斗，我且把我的爱情放大，变作了对世界，对人类的博爱吧！

二十日，星期四（旧历十二月十七），晴。

早晨十点前起床，方氏夫妇来，就和他们上创造社去。天气晴快，一路走去，一路和他们说对于王女士的私情。说起来实在可笑，到了这样的年纪，还会和初恋期一样的心神恍惚。

在创造社出版部看信之后，就和他们上同华楼去吃饭，钱又完了，午后和他们一道去访王女士的时候，心里真不快活，而忽然又听到了她将要回杭州的消息。

三四点钟从她那里出来，心里真沉闷极了。想放声高哭，眼泪又只从心坎儿上流，眼睛里却只好装着微笑。又回到出版部去拿钱，遇见了徐志摩。谈到五点钟出来。在灰暗的街上摸走了一回。终是走头无路。啊啊，我真想不到今年年始，就会演到这一出断肠的喜剧。买了几本旧书，从北风寒冷的北四川路上走回家来，入室一见那些破书旧籍，就想一本一本的撕破了它们；谋一个"文武之道，今夜尽矣"的舒服。想来想去，终究是抛不了她，只好写一封信，仍旧摸出去去投邮。本来打算到邮局为止的，然而一坐汽车，竟坐到了大马路上。吃了咖啡，喝了酒，看看时间，还是八点多一点儿，从酒馆出来，就一直的又跑上她那里去。推门进去一看，有她的同住者三四人，正在围炉喝酒，而王女士却躲在被窝里暗泣。惊问他们，王女士为什么就这样的伤心？孙太太说："因为她不愿离我而去。"我摸上被窝边上，伸手进去拉她的手，劝她不要哭了，并且写了一张字条给她。停了三五分钟，她果然转哭为笑了。我总以为她此番之哭，却是为我，心里十分的快乐，二三个钟头以前的那一种抑郁的情怀，不晓消失到那里去了。

从她那里出来，已经是十一点钟。我更走到大世界去听了两个钟头的戏，回家来已经是午前的两点钟了。

啊啊！我真快乐，我真希望这一回的恋爱能够成功，窗外北风很大，明天——否否——今天怕要下雪，我到了这三点多钟，还不能入睡。我只在幻想将来我与她的恋爱成就后的事情。老天爷呀老天爷，我情愿牺牲一切，但我不愿就此而失掉了我的王女士，失掉了我这可爱的王女士。努力努力，奋斗奋斗！我还是有希望的呀！

二十一日，星期五，（旧历十二月十八日）晴。

完了，事情完全被破坏了，我不得不恨那些住在她周围的人。今天的一天，真使我失望到了极点。

早晨一早起来，就跑上一家她也认识，我也认识的人家去。这一家的主人，本来是人格不高，也是做做小说之类的人，我托他去请她来。天气冷得很，太阳光晒在大地上，竟不发生一点效力出来。我本想叫一乘汽车去的，这几天因为英界电车罢工，汽车也叫不到。坐等了半点多钟，她只写了一个回片来说因病不能来，请我原谅。

已经是伤心了，勉强忍耐着上各处去办了一点事情，等到（旁）傍晚的六点左右，看见街上的电灯放光，我就忍不住的跑上她那里去。一进她的房，就有许多不相干的人在那里饮酒高笑。他们一看见我，更笑得不了，并且骗我说她已经回杭州去了。实际上她似乎刚出外去，在买东西。坐等了二个钟头，吃完晚饭，她回来了，但进在别一室里，不让我进去，我写给她的信，她已经在大家前公开。我只以为她是在怕羞，去打门打了好几次，她坚不肯开口。啊啊！这就是这一场求爱的结束！

出了她们那里，心里只是抑郁。去大世界听妓女唱戏，听到午前一点多钟，心里更是伤悲难遣，就又去喝酒，喝到三点钟。回来之后，又只是睡不着觉，在室内走走，走到天明。

二十二日，星期六（十二月十九日），晴，奇寒。

冒冷风出去，十一点前后，去高昌庙向胡春藻借了一笔款。这几日来，为她而花（化）的钱，实在不少，今日袋里一个钱也没有，真觉得穷极了。匆匆说了几句话，就和厂长的胡君别去，坐在车上，尽是一阵阵的心酸，逼我堕泪。不得已又只好上周家去托周家的（佣）用人，再上她那里去请她来谈话。她非但不来，连字条也不写一个，只说头痛，不能来。

午后上志摩那里去赴约，志摩不在。便又上邵洵美那里去，谈了两三个钟头天。

六点到创造社出版部。看了些信，心里更是不乐，吃晚饭之后，只想出去，再上她那里去一趟。但想想前几回所受的冷遇，双脚又是踌躇不能前进。在暮色沉沉的街上走了半天，终究还是走回家来。我与她的缘分，就尽于此了，但是回想起来，这一场的爱情，实在太无价值，实在太无生气。总之第一只能怪我自家不好，不该待女人待得太神圣，太高尚，做事不该做得这样光明磊落，因为中国的女性，是喜欢偷偷摸摸的。第二我又不得不怪那些围在她左右的人，他们实在太不了解我，太无同情心了。

啊啊，人生本来是一场梦，这一次的短话，也不过是梦中间的一场恶景罢了，我也可以休矣。

二十三日，星期日，阴晴（十二月二十日）。

晚上又睡不着，早晨五点钟就醒了。起来开窗远望，寒气逼人。半边残月，冷光四射，照得地上的浓霜，更加凉冷。倒了一点凉水，洗完手脸，就冲寒出去，上北火车站去。街上行人绝少，一排街灯，光也不大亮了。

因为听人说，她于今天返杭州去，我想在车上再和她相会一次。等了二点多钟，到八点四十分，车开了，终不见她的踪影。在龙华站下来，看自南站来的客车，她也不在内。车又开了，我的票本来是买到龙华的，查票者来，不得已，只能补票到松江下来。

在松江守候了两点钟，吃了一点点心，去杭州的第二班车来了，我又买票到杭州，乘入车去遍寻遍觅，她又不来。车里的时光，真沉闷极了。车窗外的野景萧条，太阳也时隐时出，野田里看不见一个工作的农民，到处只是军人，军人，连车座里，也坐满了这些以杀人为职业的禽兽。午后五点多钟，到了杭州，就在一家城站附近的旅馆内住下，打算无论如何，总要等候她到来，和她见一次面。

七点钟的一次快车，半夜十二点的夜快车到的时候，我都去等了，倒被守站的军士们起了疑心，来问我直立在站头有何事情，然而她终究不来。

晚上上西湖去，街上萧条极了，湖滨连一盏灯火也看不见，人家十室九空，都用铁锁把大门锁在那里。

我和一位同乡在旅店里坐谈，谈到午前二点，方上床就寝，然而也一样的睡不着。

二十四日，星期一，阴晴（十二月廿一日）。

早晨九点钟起来，我想昨天白等了一天，今天她总一定要来了，所以决定不回富阳，再在城站死守一日。

车未到之前，我赶上女师她所出身的学校去打听她在杭州的住址。那学校的事务员，真昏到不能言喻，终究莫名其妙，一点儿结果也没有。

到十二点前，仍复回去城站，自上海来的早快车，还没有到。无聊之至，踏进旧书铺去买了五六块钱的旧书，有一部《红芃词钞》，是海昌嵩生钟景所作，却很好。

午后一点多钟，上海来的快车始到，我捏了一把冷汗，心里跳跃不住，尽是张大了眼，在看下车的人，有几个年轻的女人下车来，几乎被我错认了迎了上去，但是她仍复是没有来。

气愤之余，就想回富阳去看看这一次战争的毒祸，究竟糜烂到怎么一个地步。赶到江干，船也没有，汽车也没有，而灰沉沉的寒空里，却下起雪来了。

没有办法，又只好坐洋车回城站来坐守。看了第二班的快车的到来，她仍复是没有，在雪里立了两三个钟头，我想哭，但又哭不出。天色阴森的晚了，雪尽是一片一片的飞上我的衣襟来，还有寒风，在向我的脸颊上吹着，我没有法子，就只好买了一张车票，坐夜车到上海来了。

午前一点钟，到上海的寓里，洗身更换衣服后，我就把被窝蒙上了头部，一个人哭了一个痛快。

二十五日，星期二，（十二月廿二日）晴。

早晨仍复是不能安睡。到八点后就起了床。上创造社出版部去，看了许多的信札。太阳不暖不隐，天气总算还好，正想出去，而叶某来了。就和他吵闹了一场，我把我对青年失望的伤心话都讲了。

办出版部事务，一直到晚上的七时，才与林微音出去。先上王女士寄住的地方去了一趟，终究不敢进去。就走上周家去，打算在那里消磨我这无聊的半夜。访周氏夫妇不在，知道他们上南国社去了，就去南国社，喝了半夜的酒，看了半夜的跳舞。但心里终是郁郁不乐，想王女士想得我要死。

十二点后，和叶鼎洛出来，上法界酒馆去喝酒。第一家酒不好，又改到四马路去痛饮。

到午前的两点，二人都喝醉了，就上马路上去打野鸡。无奈那些雏鸡老鸭，都见了我们而逃，走到十六铺去，又和巡警冲突了许多次。

终于在法界大路上遇见了一个中年的淫卖，就上她那里去坐到天明。

廿六日，星期三，旧历十二月廿三。晴。

从她那里出来，太阳已经很高了。和她吃了粥，又上她那里去睡了一睡。

九点前后和她去燕子窠吸鸦片，吸完了才回来，上澡堂去洗澡。

午饭前到出版部，办事直办到晚上的五点。写了两封信，给荃君和岳母。

回到寓里来，接到了一封嘉兴来的信，系说王女士对我的感情的，我又上了当了，就上孙君那里去探听她的消息。费了许多苦心，才知道她是果于前三日回去，住在金刚寺巷七号。我真倒霉，我何以那一天会看她不见的呢？我又何以这样的粗心，连她的住址都不曾问她的呢？

二十七日，星期四，旧历十二月廿四，晴。

昨天探出了王女士的住址，今晨起来，就想写信给她。可是不幸午前又来了一个无聊的人，和我谈天，一直谈到中午吃饭的时候。

十二点前到出版部去，看了许多信札，午饭后，跑上光华去索账。管账的某颇无礼，当想一个法子出来罚他一下才行。午后二点多钟，上周静豪家去，只有周太太一个人在那里和小孩子吃饭。坐谈了一会，徐三小姐来了。她是友人故陈晓江夫人徐之音的妹妹。

晚上在周家吃饭，饭后在炉旁谈天，谈到十点多钟。周太太听了我和王女士恋爱失败的事情，很替我伤心，她想为我介绍一个好朋友，可以得点慰抚，但我终觉得忘不了王女士。

二十八日，星期五，（十二月廿五）天气晴朗可爱，是一个南方最适意的冬天。

早晨十点前后，华林来看我，我刚起床，站在回廊上的太阳光底下漱口洗牙齿。和华林谈了许多我这一次的苦乐的恋情，吃饭之前，他去了。

我在创造社吃午饭，看了许多信，午后真觉得寂寥之至。仿吾有信来，说我不该久不作书，就写了一封快信给他。无聊之极，便跑上城隍庙去。一年将尽，处处都在表现繁华的岁暮，这城隍庙里也挤满了许多买水仙花天竺的太太小姐们。我独自一个，在几家旧书摊上看了好久，没有办法，就只好踏进茶店的高楼上去看落日。看了半天，吃了一碗素面，觉得是夜阴逼至了，又只得坐公共汽车，赶回出版部来吃晚饭。

晚饭后，终觉得在家里坐不住，便一直的走上周家去。陈太太实在可爱之至，比较起来，当然比王女士强得多，但是，但是一边究竟是寡妇，一边究竟还是未婚的青年女子。和陈太太谈了半夜，请她和周静豪夫妇上四马路三山会馆对面的一家酒家去吃了排骨和鸡骨酱，仍复四人走回周家去。又谈到两点多钟，就在那里睡了。上床之后，想了许多空想。

今天午前曾发了一封信给王女士，且等她两天，看有没有回信来。

周太太约我于旧历的除夕（十二月廿八），去开一间旅馆的大房间，她和陈太太要来洗澡，我已经答应她了。

二十九日，星期六，（十二月廿六）晴爽。

午前十时从周家出来，到创造社出版部。看了几封信后，就打算搬家，行李昨天已经搬来了，今天只须把书籍全部搬来就行。

午后为搬书籍的事情，忙了半天，总算从江湾路的艺术大学，迁回到了创造社出版部的二楼亭子间里。此后打算好好的做点文章，更好好的求点生活。

晚上为改修创造社出版部办事细则的事情，费去了半夜工夫。十点后上床就寝，翻来覆去，终究睡不着，就起来挑灯看小说。看了几页，也终于看不下去，就把自己做的那一篇《过去》校阅了一遍。

三十日，星期日，阴晴。

今天是旧历的十二月二十七日，今年又是一年将尽了，想起这一年中间的工作来，心里很是伤心。

早晨七八点钟，见了北京《世界日报》副刊编辑的来信，说要我为他撑门面，寄点文字去，我的头脑，这几日来空虚得很，什么也不想做，所以只写了一封信去复他，向他提出了一点小小的意见。第一诚他不要贪得材料，去挑拨是非，第二教他要努力扶植新进的作家，第三教他不要被恶势力所屈伏，要好好的登些富有革命性的文字。

午前整理书籍，弄得老眼昏迷，以后想不再买书了，因为书买得太多，也是人生的大累啊！

今天空中寒冷，灰色的空气罩满了全市，不晓得晚上会不会下雪。寒冬将尽了，若没有一天大雪来点缀，觉得也仿佛是缺少一点什么东西似的。

我在无意识的中间，也在思念北京的儿女，和目前问题尚未解决的两个女性，啊，人生的矛盾，真是厉害，我不晓得那一天能够彻底，那一天能够做一个完全没有系累的超人。

午后出去访徐氏兄妹，给了他们五块钱度岁。又和他们出去，上城隍庙去喝了两三点钟的茶。回来已经快六点钟了，接到了一封杭州王女士的来信。她信上说，是阴历十二月廿二日的早晨去杭州的，可惜我那一天没有上北火车站去等候。然而我和她的关系，怕还是未断，打算于阴历正月初二三，再到杭州去访她去。写了一封快信，去问她的可否，大约回信，廿九的中午总可以来，我索性于正月初一去杭州也好。

夜饭后，又上周家去，周太太不在家，之音却在灯下绣花，因为有一位生人在那里，她头也不抬起来，然而看了她这一种温柔的态度，更使我佩服得不得。

坐了两三刻钟，没有和她通一句话的机会，到了十点前几分，只好匆匆赶回家来，因为怕闸北中国界内戒严，迟了要不能通行。临去的时候，我对她重申了后天之约，她才对我笑了一笑，点了一点头。

路过马路大街，两旁的人家都在打年锣鼓，请年菩萨。我见了他们桌上的猪头三牲及檀香红烛之类，不由得伤心入骨，想回家去。啊啊，这飘泊的生涯，究竟要到何时方止呢！

回家来又吃酒面，到十一点钟，听见窗外放爆竹的声音，远近齐鸣，怀乡病又忽然加重了。

一月三十一日，旧历十二月廿八，星期一。

一九二七年的一月，又过去了，旧历的十二月小，明天就是年终的一日。到上海后，仍复是什么也不曾做，初到的时候的紧张气氛，现在也已经消失了，这是大可悲的事情，这事情真不对，以后务必使这一种气氛回复转来才行。我想恋爱是针砭懒惰的药石，谁知道恋爱之后，懒惰反更厉害，只想和爱人在一块，什么事情也不想干了。

早晨一早起来，天气却很好，晴暖如春，究竟是江南的天候，昨日有人来找我要钱，今天打算跑出去，避掉他们。听说中美书店在卖廉价，很想去看看。伊文思也有一本John Addington Symonds[28]的小品文，今天打算去买了来。以后不再买书，不再虚费时日了。

午前早饭也不吃，就跑了出去，在"五芳斋"吃了一碗汤团，一碟汤包，出来之后，不知不觉就走上中美书店去了。结果终究买了下列的几本书：

《The heir》. By V. Sackville-West[29]。

《Nocturne》. By Frank Swinnerton[30]。

《Liza of Lambeth》. By W.Somerset Maugham[31]。

《The book of blanche》.By Dorothy R ichardson[32]。

《In the key of blue》.By John Addington Symonds[33]。

《Studies in several Literatures》. By Peck[34]。

一共花了廿多块钱，另外还买了一本Cross[35]著的《Development

of the English Novel》[36]，可以抄一本书出来卖钱的。

午后，出版部的同人都出去了，我在家里看家。晚上听了几张留声机器片，看日本小说《沉下去的夕阳》。

一月来的日记，今天完了，以后又是新日记的开始，我希望我的生活，也能和日记一样的刷新一回，再开一个新纪元。

一九二七年一月三十一日，在上海的出版部内。

注释：

① William H. Davies，威廉姆·H·戴维斯。

② *The Autobiography of a Supertramp*《超级流浪者自传》。

③ Wagner，瓦格纳。

④ *Barrikader*《街垒》。

⑤ Zdenko Vou Kraft（德文），泽登科·冯·克拉夫特。

⑥ Disillusion，幻灭。

⑦ Austin Dobson *Samuel Richardson*（英文），奥斯汀·多布森：《塞缪尔·查理逊》。

⑧ J.H.E. Crees *George Meredith* J.H.E.克雷斯：《乔治·梅瑞狄斯》。

⑨ Trotzky *Literature and Revolution*，托洛茨基：《文学与革命》。

⑩ Gogol's *Taras Bulba*，果戈里的《塔拉斯·布尔巴》。

⑪ Beresford，贝雷斯福德。

⑫ *Revolution*，《革命》。

⑬ 看，疑为作者笔误，当为"罢"。

⑭ John Barrymore，约翰巴里摩尔。

⑮ Carlton（英文），卡尔登，指一家电影院。

⑯ *Merry Widow*（英文），《风流寡妇》。

⑰ *Rudin*、*Rauchen*、*Fruehlings Wogen*（德文），《罗亭》、《烟》、《春潮》。

⑱ Lermontov's *Ein Held unserer Zeit*（德文），莱蒙托夫的《当代英雄》。

⑲ Sundermann's *Die Stille Muehle* （德文），苏德曼的《寂静的磨坊》。

⑳ Dante's *Das neue Leben* （德文），但丁的《新生》。

㉑ *Obermann* （英文）《奥伯曼》。

㉒ Senaneourt，Amiel，George Gissing，Mark Rutherford，James Thomson（B.v.），Clough,William Morris，Gottfried Keller，Carlyle（英文），塞南古尔、埃米尔、乔治·吉辛、马克·卢瑟福、詹姆斯·汤姆逊（B.v.）、克拉夫、威廉·莫里斯、戈特弗里德·凯勒、卡莱尔。

㉓ Thoreau's *Walden* （英文），梭罗的《瓦尔登湖》。

㉔ Carlton见⑮。

㉕ Merry Widow见⑯。

㉖ Carlton见⑰。

㉗ Elinor Glyn's Beyond the Rock （英文），埃莉诺·格林的《巉岩那边》。

㉘ John Addington Symonds （英文），约翰·阿丁顿·西蒙兹。

㉙ *The heir. By V.Sackville–West （英文），萨克威尔·维斯特的《后继人》。

㉚ *Nocturne. By FrankSwinnerton* （英文），法兰克·斯温纳顿的《夜曲》。

㉛ *Liza of Lambeth. By W.Somerset Maugham* （英文），毛姆的《兰贝斯的丽莎》

㉜ *The book of blanche. By DorothyRichardson* （英文），多萝西·查理逊《苍白的书》。

㉝ *In the key of blue*. By John Addington Symonds（英文），约翰·阿丁顿·西蒙兹的《在蓝色的暗礁》。

㉞ *Studies in several Literatures*. By Peck（英文），佩克的《几种文学研究》。

㉟ Cross（英文），克罗斯。

㊱ *Development of the English Novel* （英文），《英国小说发展史》。

穷冬日记

（1927年2月1日—16日）

一九二七年二月一日，阴晴，旧历年终的二十九日。

午前心不宁静，因为昨夜发见了致命的病症。早晨起来，就上几个医生的朋友那里去，一个也看不到，不得已只好领了一瓶药来服用。

十二点前后，为找一间旅馆，跑了许多地方，终于找不着。一直到午后二三点钟，才定了沧洲旅馆的一间二楼洋台房，No.48。

三四点钟，迁入此房内住，Burlington Hotel① 本系住外国人的旅馆，所以清静得很。

晚上周氏夫妇，和徐家三姊妹来此地洗澡，一直洗到深夜的十二点钟。和她们谈到午前二点，上周家去吃年夜饭，回来的时候，已经是三点多钟了。

今天华林也来，他也在这里洗澡，中国人住处，设备不周，所以弄得一间房间内，有七八个人来洗澡，旅店的 Manager② 颇有烦言，也只好一笑置之。

夜深一个人睡在床上，默想 Madam S.③ 的动作，行为，很想马上带她出国去，上巴黎或南欧 Venice, Florence④ 去度异国之春，但是钱总来不转，惰性又太重，终只是一场空想罢了。

二月二日，阴晴，正月元旦，今年是丁卯年了。

昨晚入睡迟，今早又睡不着，八点多钟就醒了。洗澡梳头毕，吃了一壶红茶，两片面包。

火炉熊熊不息，室内空气温暖，一个人坐在Curtain⑤后，听窗外面的爆竹声，很有点出世之想，仿佛是An Athens philosopher⑥在巴黎看新年景物的样子，啊！这一种飘泊生活，不晓得要那一年才告结束。

很想在此地久住，但用费太昂，今天午前，必须离开此地，不过将来若经济充裕的时候，总要再来住它一两个月，因为地方闲静清洁，可以多作瞑想的工夫。

午前十一时记于沧洲饭店之二楼客舍

十二时前出Burlington Hotel（沧洲旅馆），到创造社出版部午膳。天气总不开朗，虽不下雨，然亦暗暗使人不快。午后和出版都同人玩骨牌，输了两块多钱。傍晚五时前后，出至周家，和女太太们打牌，打到天明。之音为我代打，赢了不少。并且于打牌后，和我掷了一把双六，我得了一副不同，她又嫣然地一笑。

在周家睡觉。至第二日午前十一点才起床。

二月三日，旧历正月初二，雨，星期四。

十一点钟起床，见窗外雨大，屋瓦尽湿，之音也起来了，我觉得她的一举一动，仿佛都含有什么意思似的。起床后遇见了地震，周太太和之音都骇慌了。吃了两碗年糕，坐洋车冒雨回到出版部来。

午后整理书籍，费去了半天工夫。雨仍是不止，很觉得郁闷，本想去杭州会王女士去，因为天气不好，也不愿行。

晚上和梁成二君至大世界听戏，听到午前一点钟，出来吃了一点酒食，就坐汽车回到出版部来。

四日，星期五，旧历正月初三，阴晴，有雨意。

午前睡至十一时始起床。又整理书籍，已经整理得差不多了。

午后和徐君至Embassy theatre⑦看《Don Juan》⑧电影，主演者为John Barrymore⑨，片子并不好。傍（旁）晚出来的时候，天已经下起雪来了。晚上在出版部，和他们谈了些关于出版部的事情。看《沉下去的夕阳》到午前一点，总算把这一部小说看完了。

五日，星期六，阴晴，旧历正月初四。

午前十时离床，有许多友人来访，邀他们在家里吃午饭。饭后看日文小说若干张。

楼君剑南于午后三时顷来约我去看电影。到北京大戏院，则日班三点钟开映的一次，已经赶不及了，就上"仝羽居茶楼"去饮茶，直坐到四点多钟，仍复去北京大戏院。

画名《Saturday-Night》⑩，系美国Paramount[11]影片之一，导演者为Cecil Demille[12]。情节平常，演术也不高明，一张美国的通俗画片而已。

从影戏院出来，已将九点钟了，就和楼君上附近的一家酒馆去吃晚饭，谈了许多天，楼君实在是一位很诚实的青年。

一路上走回家来，我只在想我此刻所进行的一件大事。去年年底我写了两封信去给王，问她以可否去杭州相会，她到现在还没有回信给我。

啊！真想不到到了中年，还会经验到这一种love的pain[13]。

到家之后，知道室内电灯又断线了，在洋烛光的底下，吸吸烟，想想人生的变化，真想出家遗世，去做一个完全无系累，无责任的流人。假使我对王女士的恋爱，能够成功，我想今后的苦痛，恐怕还要加剧，因为我与她二人，都是受了运命的播弄的人，行动都不能自由。

今天接了许多信，重要的几封，如张资平的，荃君的，王独清的，打算于两三天之内复他们。

晚上九点前后就上床睡了，但翻来覆去，终究是睡不着。

薄情的王女士，尤其使我气闷。她真是一个无情者，我真错爱了她了。

在床上睡不着，又只好披衣坐起来看书，但是看来看去，书终是看不进。这两三星期中间，情思昏乱，都为了女人，把我的有生命的工作丢弃了，以后想振作起来，努力一番，把这些女魔驱去。但是，但是这样柔弱的我，此事又那能够办到。啊，我现在真走到山穷水尽的人生的末路了，到西洋去，还是想法子，赶快上西洋去吧！

六日，晴，星期日，正月初五。

早晨起，即出至法界访朋友，他告诉我，郭夫人，想和我一见，晚上请我去他家里吃饭。回出版部吃饭后，又去北四川路看电影。影片不佳，中途就出来，倒是买了几本日文书，还差强人意。并在杂志摊上见了二月号的《新潮》，上面有一段记事，名《南方文学者之一群》，系奉我为南方文学之正主者，盖日本新闻记者某之所撰，亦一笑付之。

几日不见之音，很想去探听她的消息，午后六时前去周家，伊方与周静豪对坐在灯下。喜欢得不了，就约他们去大新舞台听戏。坐席买定后，教他们先入座，我去友人家吃夜饭，见了几位认识的夫人。一年余不见，郭夫人消瘦了一点，问复初事，说他就快回上海来。

九点半夜膳吃完，赶急到大新舞台，听了一出《四郎探母》。之音的柔心，为四郎的别妻打动了。

一点前后，戏散出来，又和他们去菜馆吃饭，她只吃了两口酒，还是我强迫她喝的。出菜馆，和她们一道上周家去宿。

七日，星期一，晴爽，正月初六。

十点钟起床，急回至出版部，看了许多信。午后有去访郭夫人之约，大约今晚上，又须在郭家吃晚饭了。

中饭吃完之后，又来了许多穷朋友，结果是寸步不能移动，陪他们去北四川路走了一趟，走到午后四时，天起了北风，下起雪来了。

和他们分散，一个人走回家来，终不想回到冷冰冰的出版部去。走进了宝山路，就折入一条狭巷，寻到（百星大戏院）Pantheon theatre去看电影。影片名《Helen of Troy》[14]，是德国人导演的。内容是Homer's《Iliaol》[15]的前半部。到影戏场里坐下，几期来的疲劳和哀怨，一齐放弛出来了，当映画的中间，竟乌乌昏睡了过去。七点多钟，电影还没有映完，我心里就忧郁得难堪，所以只好走了出来，在储蓄会的食堂里吃晚餐。

餐厅很大，我只孤冷清的一个人，想想我这半月来的单恋的结果，竟勃嗒勃嗒的滴落了两点眼泪来。举头看玻璃窗外面的夜里的天空，有一钩镰刀样的月亮，照得清莹洁白。我想.Madam.S[16]她的自己的女性，还没有觉醒，第一期的青春期里，糊里糊涂就结下了婚姻，生下了小孩，不久便遇到了她男人的死，到了这第二期的Second Blooming Period[17]，她当然不会觉醒起来的。我所要求的东西，她终究不能给我。啊啊，回想起来，可恨的，还是那一位王女士，我的明白的表示，她的承受下去的回答，差不多已经可以成立了。谁知到了这为山九仞，功亏一篑的时候，她又会给我一个打击的呢？

我也该觉悟了，是resignation[18]确定的时候了，可怜我的荃君，可怜我的龙儿熊儿，这一个月来，竟没有上过我的心。啊啊，到头来，终究只好回到自家的破烂的老巢里去。这时候荃君若在上海，我想跑过去寻她出来，紧紧地抱着了痛哭一阵。我要向她confess[19]，我要求她饶赦，我要她能够接受我这一刻时候的我的纯洁的真情。

大约我的时候是已经过去了，Blooming season[20]是不会来了，像我这样的一生，可以说完全是造物主的精神的浪费，是创造者的无为的播弄。上帝——若是有上帝的时候——（或者说运命也好）做了这一出恶戏，对于它究竟有什么意义呢？

今天出版部里的酒也完了，营业也开始了，以后我只有一个法子可以逃出种种无为的苦闷——就是拚命的做事情，拚命的干一点东西出来，以代替饮酒，代替妇人，代替种种无为的空想和怨嗟。

前两天立春了，今晚上还有几点飞雪从月光里飞舞下来，我希望这几点雪是去年寒冬的葬仪，我希望今天的一天，是过去的我的末日。

八日，星期二，晴，正月初七。

昨天晚上，一个人在家里读词喝酒喝到夜半，终究睡不着。就偷偷地出去，冒出了戒严的界线，在寒风星斗吹照着的长街上，坐车到陆家观音堂的周家去。

已经是十二点了，打门进去，周太太早已和静豪睡在一张床上，之音一个人睡在里间房里。我看了她的头发，看了她的灰白的面色，很想象她当时和晓江同睡的情形。坐了三分钟的样子，便一个人踉跄出来，又喝了许多酒，找出了一个老妓，和她去燕子窠吸鸦片烟吸到天明。

六点钟天亮之后，和她走到了白克路登贤里，约她于礼拜四再去，我就一个人从清冷的早晨街上，走回出版部来。

一直睡到十二点钟，有许多人来访我，陪他们说闲话，吃晚饭，到了晚上的七点以后才和蒋光赤出去，又到陆家观音堂的周家去。

坐坐谈谈，谈到了深夜的十二点。请之音及周氏夫妇去喝酒，喝到午前两点，才和她们回去，又在周家宿了一晚。

九日，星期三，正月初八日。

今天天气很好。早晨十点前后起来，看床前有一缕日光照着。

周太太亲到厨下去为我烧煮年糕，吃了两碗，就回到出版部来。又遇到了不愉快的事情，有几个不知道义的青年，竟不顾羞耻，来和我拌嘴。

午饭后出至江湾路艺术大学，见了周氏夫妇，但不见之音。与他们谈了半日的闲天，又请他们上"同华楼"去吃晚饭，并且着人去请了之音来。这一次大约是我和她们的最后的晚餐，以后决定不再虚费精力时日了。七点半回家，接到了王女士的来信，她说我这次打算赴杭州的动机是不应该的。我马上写了一封回信，述说了一遍我的失望和悲哀，也和她长别了，并告诉她想去法国的巴黎，葬送我这断肠的身世。啊啊，女人终究是下等动物，她们只晓得要金钱，要虚空的荣誉，我以后想和异性断绝交际了。

巴黎去，到巴黎去吧！

十日，星期四，晴爽，旧历正月初九。

早晨睡到十时，方才醒来，总算是到上海之后，睡得最安稳，最满足的一夜。午前楼君李君来谈，吃过午饭，又有许多文学青年来访，就和他们出去，同时又写了一封信给映霞。大约我和她的关系将从此终断了。

上"豫丰泰"去吃酒，吃到下午五时多，就又去周家吃饭。晚饭后因为月亮很好，走上北京大戏院去看Ibanez[21]的《Blood and Sand》[22]

，主角CollardoJuan[23]由VaIentino[24]扮演，演得很不错。

十一点前，又回到周家去宿，在睡梦中，还和周氏夫妇谈了许多话。夜间咳嗽时发，我的身体大约是不行了。啊啊，若在现在一死，我恐怕我的一腔哀怨，终于诉不出来。我真恨死了王女士，我真咒死了命运之神，使我们两人终于会在这短短的生涯里遇到了。

十一日，星期五，晴爽，正月初十日。

今天早晨也睡到了十时。在周家吃了中饭，就去剃头洗澡，心里只觉得空虚，对于人生终不能感到一点儿趣味，大约中年的失恋者，心境都是如此的吧！昨晚睡后周太太又和我谈了许多关于之音的话。

午后三点钟回到创造社出版部来，内部的事情愈弄愈糟了。有许多办事的人，都要告假回去，从明日起，我是寸步不能移开的了。

晚上又接到映霞的来信，她竟明白表示拒绝了。也罢，把闲情付与东流江水，想侬身后，总有人怜。今晚上打算再出去大醉一场，就从此断绝了烟，断绝了酒，断绝了如蛇如蝎的妇人们。

半夜里醉了酒回来，终于情难自禁，又写了一封信给映霞。我不知道这一回究竟犯了什么病，对于她会这样的依依难舍，我真下泪了，哭了，哭了一个痛快。我希望她明天再有信来，后天再有信来。我还是在梦想我和她两人恋爱的成功！

十二日，星期六，旧历正月十一，晴爽。

午前于九点钟起床，觉得头脑昏痛，又有病了，夜来咳嗽厉害，我怕我自家的生命，将从此缩短。午饭前去吴淞路买了一本旧《改造》新年号来，内有创作许多篇，想于这几日内读完它们。

午后因为天气太好，不知不觉，竟走了出去，又买了一本（《新潮》）新年号，内有葛西善藏的一篇小说名《醉狂者之独白》，实在做得很好。此外又买了许多英文小说：《Laura》，by Ethel Sidgwick，《Memoirs of A Midget》，by Walter de La Mare.《Debts of Honor》，by Maurus Jókai.《Translated into English》，by Arthur B.Yoland. 《O Pioneers》，byWillaS.Cather[25]。这几个作家的书，我从前都已经读过了。Ethel Sidgwick的《Prmise》，Walter de la Mare的《Henry Brocken》，Maurus Jókai的《Eyes Like the Blue Sea》（？）[26]和Willa S.Cather's《One of Ours》[27]等，都是很好的小说。

其中尤其是Maurus Jókai[28]的东西，使人很能够快乐地读下去。他虽是一个匈牙利的作家，然而小说里却颇带有Cosmopolitic[29]的性质。鲁迅也读了他的许多小说，据鲁迅说，Jókai是他所爱读的一个外国作家。他的东西，虽然不深刻，然而使人读了，不至于讨厌，大抵popular[30]的作家，做到这一步，已经是不凡了。张资平的小说，还不能赶上他远甚。并且他也是一位实行革命的人，和我国的空谈革命，而只知升官发财者不同。

接到了郭沫若的一封信，是因为《洪水》上的一篇《广州事情》

责备我倾向太坏的，我怕他要为右派所笼络了，将来我们两人，或要分道而驰的。

晚上月亮很好，出版部的一个伙计回家去了，只剩了我一个人在家。想了许多将来的计划，不晓得能不能够实行。

王女士又有信来，我真不明了她的真相。她说的话，很是官面堂皇，然而一点儿内容也没有。我想结果，终究是因为我和她的年龄相差太远，这一次的恋爱，大约是不会成立的。

自阴历正月十五起，我想把我的放浪行为改变一下，锐意于创造社的革新。将来创造社出版部的发展计划，也不得不于这几个月内定一定。

好久不写信到广东武昌南昌去了，大约明后天当写它一天的信，去报告出版部的计划和将来发展的步骤。

半夜里又去喝酒，喝得半醉回来，想想我这一次和王女士的事情，真想放声高哭，我这一次又做了一个小丑，王女士的这样的吞吞吐吐，实在使人家一点儿也摸不着头脑，你说教人要不要气死呢！

唉，可怜我一生孤冷，大约到死的那日止，当不能够和一位女人亲近，我只怨我的运命，我以后想不再作人家的笑柄。

十三日，星期日，（正月十二日）。

门外头在下帘纤的雨，早晨十点前起来，坐在卖书的桌前，候昨晚去送行的两位办事者回来。

饭后读《改造》正月号的小说，到午后三点友人叶鼎洛和周静豪来访我，谈到傍晚。

晚上去邵家吃满月酒，雨仍是丝丝不止。同席者有徐志摩，刘海粟及邵氏夫妇等。笑谈吸烟，一直到了午前的三时。

雨下得很大，出到街上，已经见不到人影了。街灯的光，反映在马路上的水面里，冷静得很。本来和周静豪约好，上他家去睡的，可是因为夜太深了，所以不去，走上法界的花烟间去，吸了三个钟头的鸦片烟。

十四日，星期一，阴晴。（正月十三日）。

早晨从花烟间出来，雨还是不止，吸食鸦片烟太多，头脑昏痛得很。到家就倒在床上睡了，睡到午前十一点半。

午饭后又去周家，见了周太太，告以十五日在大东开房间。回来的途上买了许多旧书。有一本Max Geissler[31]的小说《Das Heideiahr》[32]，却是很好的一本Heimatkunst[33]的创作，德文学史家Bartel[34]也很称赞Geissler。

此外还有一本美国的E.N. Westcott[35]著的《David Harum》[36]，此书久已闻名了，想读它一读。Westcott[37]是Central New York[38]人，生于1847年九月廿四，以肺病卒于1898年的三月三十一。《David

Harum》[39]却是在他死后出版的，而现在已经成了一部不朽的名著，代表纽约的商人气质的大作了。可怜作者竟没有见到他的著作的成功，比我还要悲惨些。

昨夜来的疲劳未复原，今夜在十点前就上床睡了。

十五日，星期二，（正月十四）。终日下雨，愁闷得很。

午前十点起床，又犯了头晕的病，一天心散神迷，什么事情也没有做。中饭后，冒雨出去走了一趟。在外国书铺子里，买了一本Leonard Merrick[40]著的小说《Cynthia》[41]。按这一个作家，专描写艺术家的生活，颇有深沉悠徐之趣，其他尚有《The Worldlings》（1900），《Conradin Quest of His Youth》（1908），《The House of Lynch》（1907），《The Position of Peggy Harper》（1911）[42]等。有暇当再去收集些来翻读。

晚上在家里看书，接到了周作人君的来信，系赞我这一回的创作《过去》的，他说我的作风变了，《过去》是可与Dostieffski、Garsin[43]相比的杰作，描写女性，很有独到的地方，我真觉得汗颜，以后要努力一点，使他的赞词能够不至落空。

又接到了一封家信和王女士的信，前者使我感泣，她的诚心待我，实在反使我感到痛苦，啊，这Delicate, Devotionalmind！[44]后者也比前不同了，稍稍露了一点诚意。说她已经受过好几次骗，所以现在意志坚强了，我也不明她的真意，不过她总要想试炼我，看我的诚意如何。马上写了一封回信去给她，告诉她以我对她的诚意。

十六日，星期三，正月十五。阴晴。

昨晚上，睡不安稳，所以今天觉得头昏。早晨十点前起床，就有许多朋友来访我，和他们谈到中午。

午饭后因为与之音、周太太等有约，就上大东去开房间，午后二点钟到周家，和她们谈了一阵，到三点钟前一道去大东。

折回创造社出版部，又办了些琐事，（旁）傍晚六点前后复去大东，和她们吃饭，打牌饮酒，一直闹到天明。

今夜喝酒过多，身体不爽，真正的戒酒，自今日始。下次再若遇见之音，她必要感佩我戒烟戒酒的毅力了。

穷冬日记终于今日，时在一九二七年二月十七午前。

注释：

① Burlington Hotel指沧洲旅馆。

② Manager（英文），经理。

③ MadamS.（英文），徐夫人，指徐之音。

④ Venice, Florence（英文），威尼斯，佛罗伦萨。

⑤ Curtain（英文），窗帘。

⑥ An Athens philosopher（英文），雅典的哲学家。

⑦ Embassy theatre（英文），恩波西剧院。

⑧ *Don Juan*（英文），《唐璜》，唐璜是西班牙传说中的风流浪荡贵族。

⑨ John Barrymore（英文），约翰·巴里摩尔，二十世纪初期美国电影明星。

⑩ *Saturday-Night*（英文），《星期六之夜》，电影名。

⑪ Paramount,（英文），派拉蒙，美国著名的电影公司。

⑫ Cecil Demille塞西尔·德米尔。

⑬ love的pain爱情的痛苦。

⑭ *Helen of Troy*（英文），《特洛伊的海伦》。

⑮ Homer's *Iliaol*（英文），荷马的《伊利亚特》。

⑯ Madam.S见注③。

⑰ Second Blooming Period（英文），第二个青春期里。

⑱ Resignation（英文），顺从。

⑲ Confess（英文），忏悔。

⑳ Blooming season（英文），花季。

㉑ Lbanez伊巴涅斯。

㉒ Blood and Sand《血与沙》。

㉓ Collardo Juan胡安。

㉔ VaIentino瓦伦蒂诺。

㉕ *Laura*，by Ethel Sidgwick，*Memoirs of A Midget*，by Walter de La Mare. *Debts of Honor*，by Maurus Jókai. *Translated into English*，by Arthur B.Yoland.《O Pioneers》，by WillaS.Cather埃塞尔·西奇威克的《劳拉》；沃尔特·德·拉·马尔的《侏儒回忆录》；莫鲁斯·约卡伊《荣誉与债务》，《英译者》亚瑟·碧·约南；薇拉·凯瑟的《噢，拓荒者》。

㉖ Ethel Sidgwick的 *Prmise*，Walter de la Mare的 *Henry Brocken*，Maurus Jókai的 *Eyes Like the Blue Sea*（？）埃塞尔·西奇威克的《诺言》；沃尔特·德·拉·马尔的《亨利·布罗肯》；莫鲁斯·约卡伊的《大海一般的眸子》。

㉗ Willa S.Cather's *One of Ours*薇拉·凯瑟的《我们中的一个》。

㉘ Maurus Jókai莫鲁斯·约卡伊。

㉙ Cosmopolitic世界主义的。

㉚ Popular（英文），大众、通俗的。

㉛ Max Geissler马科斯·盖斯勒。

㉜ *Das Heideiahr*（德文），《异教徒的年节》。

㉝ Heimatkunst（德文），乡土艺术。

㉞ Bartel巴特尔。

㉟ E.N. Westcott伊恩·韦斯科特。

㊱ *David Harum*《戴维·哈勒姆》

㊲ Westcott韦斯科特。

㊳ Central New York纽约州中部人。

㊴ *David Harum*见注㊱。

㊵ Leonard Merrick伦纳德·梅里克。

㊶ *Cynthia*《辛西娅》。

㊷ *The Worldlings*（1900），*Conrad in Quest of His Youth*（1908），*The House of Lynch*（1907），*The Position of Peggy Harper*（1911）《芸芸众生》（1900）、《康拉德追寻青春》（1908）、《林奇的房间》（1907）、《佩吉·哈伯的地位》（1911）。

㊸ Dostieffski、garsin陀思妥耶夫斯基迦尔逊。

㊹ *Delicate，Devotionalmind! 微妙的、虔诚的心灵。*

新生日记

（1927年2月17日—4月2日）

一九二七年二月十七日，星期四，旧历正月十六。阴晴。

昨晚上一宵未睡，觉得舌尖粗痛难堪。午前八九点钟，洗了一个澡，是把旧习洗去的意思，断酒断烟，始自今日。

和之音等在"快活林"吃早饭，十一时前坐车到出版部，天色暗暗，凉风吹上衣襟，一种欢乐后的悲哀，弄得我颓唐不振。

午饭后，在出版部计划整理事宜，发见了许多阴事，难怪创造社出版都要亏本了。几个伙计，都自然而然的跑出去了，清冷的午后，剩得我一个人在书斋里闷坐。

办事人有将公款收入私囊的，被我发见了一件，懊恼之至。

晚上天下起雨来了。孤灯下独坐着，只在想北京的儿女，和杭州烽火中的映霞。今天午后，孙君以仓田百三的《出家及其弟子》译稿一册来售，谈到杭州入党军手事，所以想到了映霞。富阳此次两经兵乱，老母兄嫂（二兄嫂）等及田园老屋，不晓得弄得怎么样了。

因为人倦，所以于九点前就入睡，明天起我将变成一个完全的新人，烟酒断除，多做文章。

咳嗽总是不好，痰很多，大约此生总已无壮健的希望了，不过在临死之前，我还想尝一尝恋爱的滋味。

十八日，星期五，正月十七，雨。

夜来雨，还是未息。杭州确已入党军手，喜欢得了不得。午前在家里整理出版部的事务。午后开部务会议，决定以后整理出版部的计划。并且清查存货，及部内器具什物，登记入清册。

晚上清理账目，直到十点多钟。读Willa S.Cather①的小说《O Pioneers! 》②尚剩六七十页。

开塞女士描写美国Prairie③的移民生活，笔致很沉着，颇有俄国杜儿葛纳夫之风。瑞典移民之在加州的生活，读了她的小说，可以了如观烛。书中女主人公Alexandra④的性格，及其他三数人的性格，也可以说是写到了，但觉得弱一点，没有俄国作家那么深刻。她的描写自然，已经是成功了，比之Turgenieff⑤初期的作品，也无愧色，明天当将这篇小说读了之。

十九日，星期六，正月十八。雨仍未息。

早晨八点钟起床，阅报知道党军已进至临平，杭州安谧。映霞一家及我的母亲兄嫂，不晓得也受了惊恐没有，等沪杭车通，想去杭州一次，探听她们的消息。

午前在家里读小说，把Cather⑥女士的Opioneers⑦读毕。书系叙一家去美洲开垦的瑞典家族。初年间开垦不利，同去者大都星散，奔入支加哥、纽约等处去作工了。只有Bergson⑧的一家不走，这家的长女Alexandra⑨，治家颇有法，老主人死后，全由她一人，把三人的兄弟弄得好好，家产亦完全由她一手置买得十分丰富。她幼时有一位朋友，因年岁不丰，逃上纽约去做刻匠，几年之后，重来她那里，感情复活，然受了她二位兄弟的阻挠，终于不能结婚。她所最爱的一个小弟弟，这时候还和她同住，虽能了解她的心，但也不很赞成她的垂老结婚。后来这小弟弟因为和一个邻近的已婚妇人有了恋爱，致被这妇人的男子所杀，Alexandra⑩正在悲痛的时候，她的恋人又自北方回来了，两人就结了婚。这是大概，然而描写的细腻处，却不能在此地重述。

上海的工人，自今天起全体罢工，要求英兵退出上海，并喊打倒军阀，收回租界，打倒帝国主义等口号，市上杀气腾天，中外的兵士，荷枪实弹，戒备森严。中国界内，兵士抢劫财物，任意杀人，弄得人心恐怖，寸步不能出屋外。

午后三四点钟，有人以汽车来接我，约我去看市上的肃杀景象。上法界周家去坐了两三个钟头。傍晚周夫人和之音方匆促回来，之音告我"周静豪为欠房租而被告了"。

晚上田寿昌家行结婚礼，我虽去了两趟，然心里终究不快活，只在替周静豪担忧。

入夜雨还是不止，在周家宿。

二十日，星期日，雨还是不止（正月十九日也）。

午前起来，回出版部看了一回，上了几笔账。心上一日不安。因为周静豪讼事未了，而外面的罢市罢工，尚在进行。西门东门，中国军人以搜查传单为名，杀人有五六十名。连无辜的小孩及妇人，都被这些禽兽杀了，人头人体，暴露在市上，路过之人，有嗟叹一声的，也立刻被杀。身上有白布一缕被搜出者，亦即被杀。男子之服西服及学生服者，也不知被杀死了多少。最可怜的，有两个女学生，在西门街上行走，一兵以一张传单塞在她的袋里，当场就把这两人缚起，脱下她们的衣服，用刀杀了。此外曹家渡、杨树浦、闸北，象这样的被杀者，还有三四十人。街上血腥充满于湿空气中，自太平天国以来，还没有见到过这样的恐怖。

傍晚又到周家去宿，周太太哭得面目消瘦，一直到夜深才睡着。

二十一日，星期一，雨仍在下。（正月二十）。

早晨一起，就和之音及周太太上地方厅去设法保周静豪。一直等到午后三四点钟，费尽了种种苦心，才把事情弄好。

晚上因为下雨，仍在周家宿。和之音谈了些天，可是两人都不敢多说话。

外面军人残杀良民，愈演愈烈，中国地界无头的死尸，到处皆是，白昼行人稀少，店铺都关了门。

二十二日，星期二，晴（正月廿一）。

午前十点钟后起床，就回到出版部里来。

办了半天的公，到傍晚五点多钟，忽有一青年学生来报告，谓工人全体，将于今晚六点钟起事，教我早点避入租界，免受惊恐。我以"也有一点勇气，不再逃了"回对他，被他苦劝不过，只好于六点钟前，踉跄逃往租界去躲避。晚上等了一晚，只听见几声炮声，什么事情也没有。仍在周家宿，有人来作闲谈，直谈到午前一点，去大世界高塔上望中国界，也看不出什么动静，只见租界上兵警很多而已。

二十三日，星期三，（正月廿二）阴晴。

午前就有人上周家来访我，去中国界看形势，杀人仍处处在进行，昨晚上的事情，完全失败了。走到长生街（在北门内）徐宅，看之音和她的妹妹，之音已经往周家去了。

在周家吃午饭，和之音坐了一忽，又同蒋光赤出来，到街上打听消息，恐怖状态，仍如昨日，不过杀人的数目，减少了一点。但学生及市民之被捕者，总在百人以上，大约这些无辜的良民，总难免不被他们杀戮，这些狗彘，不晓得究竟有没有人心肝的。

晚上在电灯下和之音及她的三妹妹闲谈，我心里终究觉得不快乐，因为外面的恐怖状态，不知道要继续到什么时候。

二十四日，星期四，（正月廿三）雨。

午前去访华林，因为他住在周家附近的金神父路。一直谈到午后一点多钟，才回周家去。周太太硬要我为她去借三百块钱来，我真难以对付，因为这两月来，用钱实在用得太多了。

傍晚四五点钟，冒雨回到出版部来，左右的几家人家，都以不白的罪名被封了，并且将金银财物，抢劫一空，还捕去了好几个人。大家劝我避开，因为我们这出版部，迟早总要被封的。明天早晨，若不来封。我想上法界去弄一间房子，先把伙计们及账簿拿去放在那里。

《创造月刊》六期，已于昨日印出，然不能发卖，大约这虐杀的恐怖不去掉，我们的出版品，总不能卖出去的。

今天工人已有许多复工的，这一回的事情，又这样没有效果的收束了，我真为中国前途叹，早知要这样的收场，那又何苦去送二三百同胞的命哩！

窗外头雨还是不止，我坐在电灯下，心里尽在跳跃，因为住在中国界内，住在中国军阀的治下，我的命是在半天飞的。任何时候，这些禽兽似的兵，都可以闯进来杀我。

二十五日，星期五，雨大得很，并且很冷。

午前一早就起来，上城隍庙去喝了茶，今天上海的情形，似乎恢复原状了。十点前后冒雨去四川路，买了一本Sheila Kaye Smith[11]的《Green Apple Harvest》[12]。听说这一本书，和《Sussex gorse》[13]，是她的杰作，暇日当读它一读。又去内山书店，买了几本日本书。

午后上周家去，见到了之音，交给她二百块钱，托她转交给周太太。同时又接到了映霞的一封信，约我去尚贤坊相会，马上跑去，和她对坐到午后五点，一句话也说不出来。她约我于下星期一再去，并且给了我一个地址，教我以后和她通信。无论如何，我总承认她是接受了我的爱了，我以后总想竭力做成这一回的Perfect Love[14]，不至孤（辜）负她，不至损害人。跑回家来，就马上写了一张字条，想于下星期一见她的时候，亲交给她。约她于下星期二，（二月廿八日）午后二点半钟在霞飞路上相见。啊啊！人生本来是一场梦，而我这一次的事情，更是梦中之梦，这梦的结果，不晓得究竟是怎样，我怕我的运命，终要来咒诅我，嫉妒我，不能使我有圆满的结果。

二十六日，星期六，天放晴了，但冷得很，所谓春寒料峭，大约是指这一种气温而言。

午前在家里编《洪水》二十七期的稿子。打算做一篇《探听王以仁的消息》，许杰前来访我，并且赠我一本以仁的短篇小说集。

王以仁是我直系的传代者，他的文章很像我，他在他的短篇集序文（《孤雁》集序）里也曾说及。我对他也很抱有希望，可是去年夏天，因为失业失恋的结果，行踪竟不明了。

午后又上周家去，见了之音等，心绪不宁，就又跑上尚贤坊去，见了孙夫人，她把映霞的心迹，完全对我说出。我也觉得很为难，但是无论如何，这一回的事情，总要使它成功。和她们打牌喝酒，说闲话，一直说到天明，午前三点钟，才在那一张王女士曾经睡过的床上睡着。

二十七日，星期日，晴爽。（正月廿六日）。

想来想去，终觉得我这一回的爱情是不纯洁的。被映霞一逼，我的抛离妻子，抛离社会的心思，倒动摇起来了，早晨一早，就醒了不能再睡，八点多钟，回到出版部里。几日来的事情，都还积压着没有办理。今天一天，总想把许多回信复出，账目记清，《洪水》二十七期编好，明天好痛痛快快地和映霞畅谈一天。

午后将《洪水》二十七期的稿子送出，我做了一篇《打听诗人的消息》，是怀王以仁的。稿子编好后，心里苦闷得很，不得已就跑出去，到大马路去跑了一趟。又到天发池去洗了一个澡，觉得身体清爽得许多。

晚上又写了一张信，预备明天去交给映霞的。晚饭多吃了一点，胸胃里非常感着压迫，大约是病了，是恋爱的病。

读日本作家谷崎精二著的《恋火》，系叙述一个中年有妻子的男子名木暮者，和一位名荣子的女人恋爱，终于两边都舍不得，他夹在中间受苦，情况和我现在的地位一样。

我时时刻刻忘不了映霞，也时时刻刻忘不了北京的儿女。一想起荃君的那种孤独怀远的悲哀，我就要流眼泪，但映霞的丰肥的体质和澄美的瞳神，又一步也不离的在追迫我。向晚的时候，坐电车回来，过天后宫桥的一刹那，我竟忍不住哭起来了。啊啊，这可咒诅的命运，这不可解的人生，我只愿意早一天死。

二十八日，星期一，阴晴，（正月廿七）。

早晨在床上躺着，还在想前天和映霞会见的余味。我真中了她的毒箭了，离开了她，我的精神一刻也不安闲。她要我振作，要我有为，然而我的苦楚，她一点儿也不了解，我只想早一天和她结合。

午前在家里，办了一点小事，就匆匆的走了，走上孙氏夫妇处，因为她约定教我今天上那里去会她。等得不耐烦起来，就上霞飞路俄国人开的书店去买了十块钱左右的书。中间有德国小说家Bernhard Kellermann's《Der Tunnel》[15]一册，此外多是俄国安特列夫著的德译剧本。

好容易，等到十二点钟过后，她来了，就和她上江南大旅社去密谈了半天，我的将来的计划，对她的态度等，都和她说了。自午后二点多钟谈起，一直谈到五点钟左右。

室内温暖得很，窗外面浮云四蔽，时有淡淡的阳光，射进窗来。我和她靠坐在安乐椅上，静静的说话，我以我的全人格保障她，我想为她寻一个学校，我更想和我一道上欧洲去。

五点钟后，和她上四马路酒馆去喝酒，同时也请孙氏夫妇来作陪。饭后上大马路快活林去吃西餐茶点，八点前后又逼她上旅馆去了一趟，我很想和她亲一个嘴，但终于不敢，九点钟后，送她上孙家去睡，临别的时候，在门口，只亲亲热热的握了一握手。她的拿出手来的态度，实在是gehorsam[16]。我和她别后，一个人在路上很觉得后悔，悔我在旅馆的时候，不大胆一点，否则我和她的firstkiss[17]已经可以封上她的嘴了。

在电灯照着的，空空的霞飞路上走了一回，胸中感到了无限的舒畅。这胜利者的快感，成功的时候的愉悦，总算是我生平第一次的经验。在马路上也看见了些粉绿的卖妇，但我对她们的好奇心，探险心，完全没有了，啊，映霞！你真是我的Beatrice[18]。我的丑恶耽溺的心思，完全被你净化了。

在街路上走了半点多钟，我觉得这一个幸福之感，一个人负不住了，觉得这一个重负，这样的负不了了，很想找几个人说说话。不知不觉，就走上了周家的楼上，那儿的空气，又完全不同，有小孩子绕膝的嬉弄，有妇女们阅世的闲谈，之音、慕慈，更有一位很平和的丈夫，能很满足的享受家庭的幸福的丈夫周静豪。和她们谈谈笑笑，一直谈到十二点钟，才回返江南大旅社去。

一个人坐在日间映霞坐过的安乐椅上，终觉得不能睡觉，不得已就去洗了一个澡。夜已经深了，水也不十分热，猫猫虎虎洗完澡后，又在电灯下，看了半个钟头的书。上床之后，翻来复去，一睡也不能睡，到天将亮的时候，才合了一合眼。

三月一日，星期一，阴晴（正月廿七日）。

午前八点多钟就起了床，梳洗之后，赶上尚贤坊孙氏寓居，又去看映霞，她刚从床上起来，穿了一身短薄的绵袄，头发还是蓬松未掠。我又发见了她的一种新的美点。谈了几句天，才晓得昨天晚上回来，孙氏的夫人，因月经期中过劳，病了，大家觉得不快。我今天还想约映霞出来再玩一天的，但她却碍于友谊，不得不在孙夫人的床前看她的病。坐到十点钟前，我知道她一定不能脱身，她也对我丢了个眼色，所以只好一个人无情无绪地离开了孙氏的寓居。

上周家去坐了一会，之音为我烧煮馄饨，吃了两碗。匆匆回出版部来，看了许多来信。中间有我女人的一封盼望我回京很切的家书，我读了真想哭了。

午后更是坐立不安，只想再和映霞出来同玩，在四马路办了一点社内的公务，就又坐电车上尚贤坊去。孙夫人的病已经好了许多，映霞仍复在床前看病。有一位在天津的银行员，却坐在映霞的对面，和她在谈笑，我心里一霎时就感着了不快，大约是嫉妒罢？我也莫名其妙，不知这感情是从何处来的。

痴坐了一两个钟头，看看映霞终究没有出来和我同玩的希望了，就决意出来，走到马路上来，昨晚这样感到满足的心，今天不知怎么的，忽而变了过来，一种失望、愤怨、悲痛的心思，特如其来的把我的身体压住，压得我气都吐不出来。又在霞飞路上跑了一圈，暗暗的天色，就向晚了，更上那家俄国书铺去走了一遭，买了两本哥尔基的剧本，心绪灰颓，一点儿感不出做人的兴致来。走出那家书铺，大街上的店里，已经上电灯了。很想上金神父路去找华林谈话，但又怕中国界要戒严，不能回出版部去，所以只好坐了公共汽车，回返闸北。

吃了夜饭，在灯前吸烟坐着，心事更如潮涌。想再出去，再去看看映霞，但又怕为她所笑。不得已，只好定下心来，写了一封很长的信，约她于礼拜五那天，（三月四日）午后，在大马路先施公司电车停留处候我，我好再和她谈半天的话。我和她这一次恋爱的成功与否，就可以在这一天的晚上决定了。若要失败我希望失败得早点，免得这样的不安，这样的天天做梦。啊啊，The agony of love[19]，我今天才知道你的厉害。

三月二日，星期三，阴晴。（正月廿九）。

昨晚上因为想映霞的事情，终于一宵不睡，早晨起来，一早就去梅白克路坤范女中看她，因为她寄住在坤范的她的一位女同学那里。寻了半天，才寻着了那个比小学还小的女中学，由门房传达进去，去请她的女友陈锡贤女士出来，她告诉我"映霞上她姊姊那里去了"，可怜我急得同失了母的小孩一样，想哭又哭不出来。不得已只好坐了电车回家，吃过午饭，便又同游魂病者似的跑出外面去。

先上霞飞路的书店里去了一趟，买了两本德译俄国小说，然后上周家去。周氏夫妇及小孩都不在，只有之音，坐在那里默想。我和她谈了许多天，她哭了，诉说她的苦闷。安慰了她一阵，没（末）了我自己也哭了半天。

天上只有灰色的浮云可以看得见，雨也不下，日光也不射出来。到了向晚的时候，我和之音，两人坐了车上她娘家去。到了她的家里。上她房里去坐了一会，匆匆地又辞了她跑上南国社去看周氏夫妇。她们正在那里赌钱，我也去输了十二块大洋。

晚上七至九的中间，跑上法科大学去授德文，我的功课排在晚上，系礼拜二三四的三天。今天因为是第一天上课，学生不多，所以只与一位学生谈了些关于讲授德文的空话，就走了出来。

法科大学的学生，欢迎我得很，并且要我去教统计学，我已经辞了，万一再来缠纠，只好勉强担任下去，不过自家的损失大一点罢了，勉强要教也是可以教的。

晚上在周家宿，又是一宵未曾合眼。近来的失眠症又加剧了，于身体大有妨碍，以后当注意一点。

三月三日，星期四，（正月三十日）阴晴。

早晨十点钟起床，和两位朋友上城隍庙去喝茶吃点心，到午后一点多钟才回家来。办了许多出版部的事情，并且上邮政局中国银行及德茂钱庄去了一趟。又坐电车到卡德路，去洋书铺买了一本Compton Mackenzie's《Carnival》[20]。这一本书是他的初期的作品，和《Sinister Street》[21]是相并的知名之作，空下来当读它一读。

晚上查出版部的账，开批发单子，今天的一天，总算这样的混过去了，也没有十分想映霞的余裕。我只希望她明天能够如约的来会我，啊，我一想到明天的密会，心里就会发起抖来。

今天天气很暖，的确是有点春意了。明天要不下雨才好。我打算于明天早晨出去，就去各大旅馆去找定一间房间，万一新新公司没有好房间，就预备再到江南大旅社去。

旧历的正月，今天尽了，明天是二月初一，映霞若能允我所请，照我的计划做去，我想我的生活，从明天起，又要起一个重大的变化。真正的《La Vita Nuova》[22]，恐怕要自明天开始呢！

我打算从明天起，于两个月内，把但丁的《新生》译出来，好做我和映霞结合的纪念，也好做我的生涯的转机的路标。明天的日记，

第一句应该是Incipit Vita Nuova！^㉓

三月四日，星期五，晴，但太阳不大。阴历二月初一。

今天是阴历的二月初一，我打算从今天起，再来努一番力，下一番工夫，使我这一次和映霞的事情能够圆满的解决，早一天解决，我就好多做一点事业。

早晨在家里办了许多事情，午饭后就出去到先施面前去候她。从一点半候起，候了她二个半钟头，终于不见她来，我气愤极了。在先施的东亚酒馆里开了一个房间，我就跑上坤范去找她，而她又不在。这一个午后，晚上，真把我气极了，我就在旅馆里写了一封和她绝交的信，但心里还是放不下，所以晚上又在大马路跑来跑去跑了半天。

我想女人的心思，何以会这样的狠，这样的毒，我想以后不再和女人交际了，我想我的北京的女人，或者也是这样不诚实的，我不得已就只好跑上酒店去喝酒。

酒喝了许多，但终喝不醉，就跑上旧书铺去买书，买了一本John Trevena's《Heather》^㉔来读。这一本是他做的三部曲之一，第一部名《Furze the Cruel》^㉕，这是第二部，第三部名《Ganite》^㉖，第一部表现Cruelty^㉗，第二部表现Endurance^㉘，第三部表现The Spirit of Strength^㉙，其他的两部，可惜我没有买到。听说Trevena^㉚只有这三部小说，可以说是成功的，其余的都不行。这三部小说是描写

Dartmoor[31]的情景，大约是Local Colour[32]很浓厚的小说。

读了几页这屈来文那的Heather[33]也感不出兴味来，自怨自艾，到午前的两点，才入睡。

入睡前，曾使人送一封信去，硬要映霞来，她的回信说，明天早晨九点钟来，教我勿外出候她。

三月五日（旧历二月初二）星期六，晴爽。

午前八点钟就起了床，心神不定，专候她来。等到九点多钟，她果然来了，我的喜悦，当然是异乎寻常，昨天晚上的决心，和她绝交的决心，不知消失到那里去了。

问她昨天何以不来，她只说"昨天午后，我曾和同居的陈锡贤女士，上创造社去找你的。"我听了她的话，觉得她的确也在想见我，所以就把往事丢掉，一直的和她谈将来的计划。

从早晨九点谈起，谈到晚上，将晚的时候，和她去屋顶乐园散了一回步。天上浮云四布，凉风习习，吹上她的衣襟，我怀抱着她，看了半天上海的夜景，并且有许多高大的建筑物指给她看，她也是十分满足，我更觉得愉快，大约我们两人的命运，就在今天决定了。她已誓说爱我，之死靡他，我也把我爱她的全意，向她表白了。吃过晚饭，我送她回去。十点前后，回到旅馆中来，洗澡入睡，睡得很舒服，是我两三年来，觉得最满足的一夜。

111

三月六日，星期日，（二月初三）阴，后雨。

午前十点钟起床，就回创造社出版部来。天忽而变得灰暗，似乎要下雨的样子。

办了半天多的公事，写了一封给映霞的信，信上并且附了两首旧诗，系记昨天的事的：

朝来风色暗高楼，偕隐名山誓白头。

好事只愁天妒我，为君先买五湖舟。

笼鹅家世旧门庭，鸦凤追随自惭形。

欲撰西泠才女传，苦无椽笔写兰亭。

因为我昨天大约她上欧洲去行婚礼，所以第一首说到五湖泛舟的事情。她本姓金，寄养在外祖家，所以姓王，老母还在，父亲已经没有了。她的祖父王二南先生，是杭州的名士。

晚上到刘海粟家去吃晚饭，因为他请我过好几次了，所以不得不去，席间见了徐志摩及其他二三个女人，美得很。饭后玩牌九，我输了二十多块，心里很忧郁，就因为我不能守王女士的诚诰。

到周家去宿，又输了五六块钱。

三月七日，星期一，（二月初四）天大雨。

早晨冒雨回出版部来，办了许多公事，写了许多催款的回信。午后又接到了一封映霞的来信，心里实在想和她见面，到了午后，捱压不住了，就跑上坤范去看她。又约她一道出来，上世界旅馆去住了半天，窗外雨很大，窗内兴很浓，我和她抱着谈心，亲了许多的嘴，今天是她应允我Kiss的第一日。

到了晚上八点钟，她要回去，我送她上车。她一定不要我送她回去，不得已只好上雨中的马路上去跑了一趟。

她激励我，要我做一番事业。她劝我把逃往外国去的心思丢了。她更劝我去革命，我真感激她到了万分。答应她一定照她所嘱咐我的样子做去，和她亲了几个很长很长的嘴。今天的一天，总算把我们两人的灵魂溶化在一处了。

晚上独坐无聊，又去约了蒋光赤来谈到天明。

三月八日，星期二，（二月初五）大雨未歇。

早晨十点前起床，到江西路德国书铺去买了两本小说，一本是Bernhard Kellermann[34]的恋爱小说《Ingeborg》[35]，一本是Thomas Mann的《Herr und Hund》[36]，这两本小说，都可以翻译，我打算于今年之内，翻它们出来。

从今天起，我要戒酒戒烟，努力于我的工作了。午后又写了一封信给映霞，告诉她以我的决心，我的工作，并且约她于礼拜日同去吴淞看海。

晚上冒雨出去，上法科大学去授课，学生要我讲时事问题及德国文学史，我答应了。

八点多钟回闸北创造社出版部，雨犹未歇。接仿吾来信，说沫若亦有信去给他，骂我做的《洪水》二十五期上的那篇《广州事情》。沫若为地位关系，所以不得不附和蒋介石等，我很晓得他的苦处。我看了此信，并仿吾所作一篇短文名《读<广州事情>》，心里很不快活。我觉得这时候，是应该代民众说话的时候，不是附和军阀官僚，或新军阀新官僚争权夺势的时候。

晚十二点钟就寝。

三月九日，星期三，天气晴快。（二月初六）

午前因为接到了一封映霞的信，很想去看她，并且天气也很好，但创造社出版部事务很多，所以暂时忍耐着，只上中国银行及邮政局去了一趟。午饭后，怎么也忍不住了，就跑上坤范去找她，约她出来，东跑西走，跑了半天，并且和她上美术专门学校去看了一转，决要她进美专。晚上和她在一家日本菜馆吃夜饭。回家后，又为她写了一封介绍信。我和她的关系，大约是愈进愈复杂了，以后只须再进一步，便什么事情多可解决。今天和她谈我将来的计划，她也很能了解，啊啊，可咒诅的我的家庭。临别的时候，又和她亲了一个长嘴，并且送她到坤范女中的门口。

十日，星期四，晴和，大有春天的意思。（旧历二月初七）

早晨十点前起来，心里只是跳跃不定，觉得映霞定要来看我。上中国银行及邮局去了一趟，马上走回家来，并且买了一本Moral Pathology[37]，系千八百九十五年出的书，著者为Arthur E. Giles[38]，内容虽则很简单，但是难为他在那一个时候，能够见得到这些精神的现象。读了一遍，很有所得。

午后阳光晒得很和暖，四肢疏懒，不愿意做事情。跑上上海银行去存了些款，就走到尚贤坊去看孙氏夫人。因为她不在，正想走出外去，却冲见了映霞，听她说，她已经上出版部去找过了我。真是喜出望外，就和她一路的上郊外去走。

阳光虽则和暖，但天上浮云很多，坐公共汽车到了徐家汇，走上南洋大学去转了一圈，上小咖啡馆喝了半个多钟头的茶，天上却刮（括）起风来了。从法界一直走到大西路口，到静安寺叫了汽车，上坤范去约陈女士出来吃晚饭。又去约蒋光赤、周静（勤）豪夫妇，光赤不来，周氏却来了。饭后想去开房间，但先施的东亚，永安的大东，和新新，都已客满了，就只好上周家去坐到更深。

映霞和陈女士要回去，我送她们到梅白克路学校的门前。天上寒云飞满，星月都看不见，似乎要下雪了。从梅白克路回来，又在周家宿了一晚。

映霞告诉我，她不愿意进美专了，因为她也定不下心来。

今天的一天，总算过得很有意义，也是我和映霞的恋爱史上最美满的一页。但因为太满足了，我倒反而忧虑将来，怕没有好结果，啊啊，我这不幸的人，连安乐的一天幸福，也不敢和平地享受，你说天下世上还有比我更可怜的动物吗？

十一，星期五，晴，后雨。二月初八。

午前九点钟起床，回到出版部来，路上经过江西路，到德国书店去买了一本《Hamsun's Erzählungen》[39]，里边有《Victoria》[40]一篇，打算于空的时候，翻它出来。回到闸北，出版部里，已经有徐葆炎等在等我。

十点前后，孙夫人和映霞来。

中午请她们在"新有天"吃饭。饭后又和她们回创造社。天下起雨来了。映霞在我的寝室里翻看了我这日记，大发脾气，写了一封信痛责我，我真苦极了。

二点多钟送她们出门去后，只好写了一封长信，哀求她不要生气。写完后，帽子也不带，冒雨去寄。

116

夜饭后，又觉得心里难过，拿起笔来，再写了一封信给她，信写好后，心里更是难受，就冒大雨出去，寻到坤范女学去，想和她对面说明白来。身上淋得同水鬼一样，好容易到了坤范，她又不在，我真懊恼之极，便又上尚贤坊去找她。当然是找她不着的，心里愈感到痛苦，周围的事情也愈糟。

天上在下大雨，时间已经晚了，一怕闸北戒严，不能回去，二怕旅馆人满，无处安身，周家我怎么也不愿再去。一个人在风雨交迫的大路上走着，我真想痛哭起来，若恋爱的滋味，是这样痛苦的，那我只愿意死，不愿再和她往来。

啊啊，天何妒我，天何弄我到这一个地步！

我恨极了，我真恨极了。

回来之后，又写了一封信给她，万一她再这样的苦我，我也只有一死，我决不愿意受这一种苦了。

十二，星期六，天还是不断的在下雨。

午前心里不安，便冒雨跑上街去。想去坤范女学，又怕受映霞的责备，只好往各处书店去看书，糊里糊涂，竟买了一大堆无用的英德各作家的杂著。回到出版部来，又接了映霞的一封骂我的信。

中饭后，又是坐立难安，跑上坤范的门口，徘徊了好久，终于没有勇气进去。啊，映霞，我真被你弄得半死了。你若晓得我今天的心境，你就该来安慰安慰我，你何以竟不来我这里和我相见？你不来倒也罢了，何以又要说那些断头话，使我的心如刀割呢？

晚上写了一封信，冒雨去投邮，路上想想，平信终是太慢，走到邮局，想寄快信，已经是来不及了。就硬了头皮，跑上坤范去找她。总算是万幸，她出来见了我，说了两三句话，约她明天到创造社来，我就同遇赦的死刑囚一样，很轻快地跑回了家。这时候，天上的急风骤雨，我都不管，我只希望天早一点亮，天亮后，好见她的面，向她解释她对我的误会。

回出版部后，又编了一期二十七期的《洪水》，我自家做不出文章来，只译了一首德国婆塞的诗《春天的离别》。

晚上一晚睡不着，看了一篇日人宇野浩二的小说。

十三，星期日，阴晴，（二月初十）。

午前八点钟就起了床，看看天色灰暗，只怕映霞不来。九点后，正在做一篇《创造社出版部的第一周年纪念》，她和陈女士却来了。

和她们谈了半日天，请她们在一家小馆子里吃了中饭，陈女士先走，我和映霞上周家去。又遇着了周家的索债者及静（勤）豪的艺大的风潮消息，两人终不能够好好的谈天，她执意要回去，我勉强的拉她上了汽车，和她上六三花园去走了一转。回来又在北四川路的一家咖啡馆楼上坐了一个钟头，谈了许多衷曲，她总算是被我说伏了。

傍晚五点多钟，送她上了学校，又到周家去转了一转，晚上回出版部来，晚饭已经吃过，商务印书馆的一位工人来看我，硬要拉我去吃饭，不得已就和他同去，上他家去吃了一餐晚饭。

在吃晚饭之前，偶尔翻阅商务印书馆的翻译小说书目，见有一本英国Arthur Morrison's《Tales of the Mean Street》[41]，也已被林纾翻出，我很觉得奇怪，因为他不懂文学，更不懂什么是艺术，所以翻的，尽是些二三流以下的毫无艺术价值的小说。而这一本小说竟也会被翻译，我真不懂他所以翻此书的原因，或者是他的错误，或者是书目的错误。我终不敢相信这是真的，狗嘴里吐人言，世界上那有这一回事情。明朝过商务印书馆的时候，倒想去问个明白。

晚上回来，精神很好，做完了那篇早晨未做毕的文章，又写了四封信，一给映霞，一给北京我的女人，一给广州成仿吾，一给富阳家中的二哥。

今天又买了一本德文小说，系乡土艺术运动时代的作品，女作家B. Schulze-Smidt[42]作的《Weltkind》[43]。

十二点后才上床，从明天起，我一定要努力于自己的工作了。第一先要把《创造》月刊第七期编起，然后再做长篇的东西。

十四，星期一，又下雨，风亦大，寒冷。（二月十一日）

午前起床，已经是十点前了。因为天色黑暗，所以辨不出时间来。跑上邮局去寄信，并且顺便取了些外来的款项。映霞有信来，又写了一封复信给她。

中饭在城隍庙吃，买了些书。一本是《John Masfield's Complete Poems》[44]，一本是丹麦作家Laurids Brunn[45]的《Van Zunten's Happy days》[46]，此外还有几本德国小说。

午后在家看书，又接了映霞的一封信，作复书。蒋光赤来看我，和他谈了些文学上的天。

晚上读勃龙氏小说，《万张登的快乐时代》。又因上海艺大的事情，逆寒风去周家一次。周静（勤）豪要我去替他收拾那个大学。但我也有点不愿意，后来被他们苦劝不过，终于答应了。明天午前十一时，当代周去学校一次。入睡前，又写了一封给映霞的信。

十五，星期二，晴了，但寒冷如冬天，绝无春意。（二月十二）

早晨上银行去拿钱，北新来的期票，也拿到了。顺便上商务去买了一本沈子培的《曼陀罗寝词》。

十一点钟到上海艺术大学，去为他们设法维持学校。学生全体，想拥戴我做他们的校长，我因为事情不好办，没有经济上的后援，绝对辞去。在那里吃过午饭，学生孵我到午后三点，才回家来。午后因为怕映霞要来，所以没有出去，等到六点多钟，她终于不来，只接到她一封很沉痛的来信，她对我的爱，是不会摇动的了，以后只教我自家能够振作，能够慰她的期望，事情就可以成功。

晚上上法科大学去上课，教了他们一首德文诗，以后想去讲点德国的文学史给他们听听。

回到出版部里，已将十点，写了一封信给映霞，约她于明天到创造社来，并约她若事实可能，明天再和她上静处去谈半天天。

晚上早睡，读美国短篇小说集《The Great Modern Short Stories》[47]。

十六，星期三，晴。（二月十三）寒冷。

早晨十点前就起了床，等映霞不来，读德国B. Schulze-Smidt[48]小说《Weltkind》[49]。等到中午，实在不能耐了，就跑上酒馆去，在十字路口，等她们来，终于不来。

午后有许多人来会我，并且徐葆炎来借钱，一起借了他二十块，教他弄一本书来出。

更有艺术大学学生来，逼我任校长。

午后两点多钟，她和陈锡贤女士来了。我请陈女士来创造社办事，且请映霞也搬来住。和她们谈了一个多钟头，就和她们出去，到先施去开了一个房间。七点多钟上法科大学去上课，八点回先施大东，约蒋光赤来，为他介绍了陈锡贤女士，一同吃过晚饭，她们先回去，和光赤谈到午前两点钟方入睡。

十七日，星期四，（二月十四）晴爽。

午前十时起床，洗澡后即离开先施，上中美图书馆去了一趟。想买Morley Roberts[50]的小说，没有。

回到出版部里，已将十二点了。午后看德国小说《世界儿》，三至四的中间上艺术大学去了一趟。路过北四川路旧书铺，想买Henry James[51]的小说，因为价钱不对，没有买成。今天写了两封信给映霞。

晚上去法科大学教书，十时上床就寝。

十八日，星期五，先晴，后雨。

今天早晨，接到映霞两封来信，约我在家等她，所以不出去。吃中饭后，她果然来了。

和她出去，先上六三花园去走了一趟，更上一家咖啡馆去吃了些咖啡面食。坐谈至二个多钟头，不知不觉，窗外竟下起雨来了。

坐汽车到卡德路夏令配克影戏院，看一张美国新出的电影，名《Third Degree》[52]。七点钟影戏散了，和她上大世界前的"六合居"去吃饭。饭间谈到将来的事情，各觉得伤心之至。

冒雨送她上坤范去，在弄口街灯下别去，临别的时候，她特地回过头来，叮嘱我早睡，我真哭了。坐在车上，一路的直哭到家中。到家和新自东京来的许幸之谈到夜半，又写了一封信给映霞，上床在二点钟的时候，我觉得今晚上又要失眠，因为和映霞的事情，太难解决。

十九日，星期六，夜来雨还未晴。（二月十六日）

　　早晨起来，就想到了昨晚和映霞讲的话，我问她"我们那能够就像这样的过去呢？三年等得到么？"啊啊，我真想死。洗脸毕，闷坐在家内，想出去又无处可去。

　　十一时左右，接到周静（勤）豪的来信，约我去商量善后，就上四马路振华去了一趟。

　　在酒馆里午膳后，即回到创造社来，因为怕映霞来寻我。等到午后五点钟，她不曾来，就又出去上虬江路的旧书铺去了一趟，看了许多旧书，但一本也不想买，因为这几日来，又为映霞的事情搅乱了我的心意，书也不想看了。

　　晚上雨霁，月亮很大，写了一封信给映霞，出去寄信，信脚又跑上了坤范，她们的门已经掩上了。在门外徘徊了半日，又只好孤孤冷冷的走回家来，读了一篇无聊的日本人的小说。

二十日，星期日，晴爽。（二月十七日）

午前在家里候映霞来。并且因出版部同人中有意见冲突的两人，竭力为他们排解。午后，他们大家都出去了，只剩我一个人在家里看守残垒。屋外的阳光很和暖，从窗外看看悠淡的春空，每想跑出去闲步，但我的预觉，却阻止我出外，因为我的第六官在告诉我说：映霞今天一定会来的。

等到三点多钟，她果然来了，真是喜欢得了不得。和她亲了几次亲密的长嘴，硬求她和我出去。

在阳光淡淡晒着的街上，我们俩坐车上永安的大东旅馆去，我定了一个房间住下。

五点前后，她入浴室去洗澡，我自家上外面去剃了一个头，买了些酒食茶点回来。和她一边喝酒，一边谈我们以后进行的方法步骤，悲哀和狂喜，失望与野心，在几个钟头的中间，心境从极端到极端，不知变灭了多少次。

七点钟前，上外边去吃饭，吃了些四川的蔬菜，饭后又和她上振华旅馆去看了周太太。回来经过路上的鞋子铺，就为她买了一双我所喜欢的黑缎的鞋子。

十点钟后，和她在沙发上躺着，两人又谈了些我们今后的运命和努力，哭泣欢笑，仍复是连续不断的变迁消长。一直到眼泪哭尽，人也疲倦了的天明，两人才抱着了睡了三五十分钟。

和她谈了一夜，睡了一夜，亲了无次数的嘴，但两人终没有突破最后的防线，不至于乱。

二十一日，星期一，天晴快。（二月十八）

早晨十时前就起了床，因为一夜的不睡，精神觉得很衰损，她也眼圈儿上加黑了。

我入浴，她梳头，到十一点左右，就和她出去。在街上见了可爱的春光，两人又不忍匆匆的别去，我就要她一道上郊外去玩，一直的坐公共汽车到了曹家渡。

又换坐洋车，上梵王渡约翰大学校内去走了一阵，坐无轨电车回到卡德路的时候，才得到了党军已于昨晚到龙华的消息，自正午十二点钟起，上海的七十万工人，下总同盟罢工的命令，我们在街上目睹了这第二次工人的总罢工，秩序井然，一种严肃悲壮的气氛，感染了我们两人，觉得我们两人间的恋爱，又加强固了。

打听得闸北戒严，华洋交界处，已断绝交通，映霞硬不许我回到闸北来冒这混战的险，所以只能和她上北京大戏院去看电影，因为这时候租界上人心不靖，外国的帝国主义者，处处在架设机关枪大炮，预备残杀我们这些无辜的市民，在屋外立着是很危险的。

五点钟后从北京大戏院出来，和她分手，送她上了车，我就从混乱的街路上，跑上四马路去找了一家小旅馆住下。这时候中国界内逃难的人，已经在租界上的各旅馆内住满，找一个容身之地都不容易了。住了片刻，又听到了许多不稳的风声，就跑出去上北河南路口来探听闸北出版部的消息，只见得小菜场一带，游民聚集得象蜂蚁一样，中国界是不能通过去了。谣言四起，街上的游民，三五成群，这中间外国人的兵车军队，四处在驰驱威吓，一群一群的游民，只在东西奔窜。在人丛中呆立了许久，也得不到的确的消息，只好于夜阴密布着的黄昏街上，走回家来。这时两旁商店都已关上了门，电灯也好象不亮了，街上汽车电车都没有，只看见些武装的英国兵，在四处巡走。

回到了旅馆里，匆匆吃了一点晚饭，就上床睡了。

二十二日，星期二，（二月十九）天气阴晴。

早晨一早醒来，就跑上北河南路去打听消息，街上的人群和混乱的状态，比昨天更甚了。一边又听见枪炮声，从闸北中国地界传来，一边只听些小孩女子在哀哭号叫。诉说昨晚鲁军在闸北放火，工人抢巡警局枪械后更和鲁军力斗的情形。北面向空中望去，只见火光烽烟，在烈风里盘旋，听说这火自昨晚十点钟前烧起，已经烧了十二个钟头了。我一时着急，想打进中国界去看出版部的究已被焚与否，但几次都被外国的帝国主义者打退了回来。呆站着着急，也没有什么意思，所以就跑上梅白克路坤范女中去找映霞，告诉她以闸北的火烧和打仗的景状。和她在一家小饭馆里吃了午饭，又和她及陈女士，上北河南路口去看了一回，只有断念和放弃，已经决定预备清理创造社出版部被焚后的事情了。和映霞回到旅馆，一直谈到晚上，决定了今后的计划，两人各叹自己的运命乖薄，洒了几滴眼泪。

吃过晚饭，就送她上梅白克路去。我在回家的路上，真想自杀，但一想到她激励我的话，就把这消极的念头打消了。决定今后更要积极的干去，努力的赶往前去。

半夜里得到了一个消息，说三德里并未被烧并且党军已到闸北，一切乱事，也已经结束了，我才放了一放心，入睡了。

二十三日，星期三，天上尽浮满了灰色的云层，仿佛要下雨的样子。

午前一早就起来，到闸北去。爬过了几道铁网，从北火车站绕道到了三德里的出版部内，才知道昨晚的消息不错。但一路上的尸骸枕藉，有些房屋还在火中，枪弹的痕迹，党军的队伍和居民的号叫哭泣声，杂混在一块，真是一幅修罗地狱的写生。

在出版部里看了一看情形，知道毫无损失。就又冒险跑上租界上去找映霞，去报告她一切情形，好教她放心。和她及陈女士，又在那一家新闸路的小饭馆内吃完了午饭，走出外面，天忽而下起雨来。送她们回去，我一个人坐了人力车折回闸北来。到北河南路口，及北四川路口去走向中国界内，然而都被武装的英帝国主义者阻住了。和许多妇女小孩们，在雨里立了一个多钟头，终究是不能走向出版部来

127

了，又只好冒雨回四马路去，找了一家无名的小旅馆内暂住。

在无聊和焦躁的中间，住了一晚，身体也觉得疲倦得很，从十二点钟睡起，一直睡到了第二天的早晨。

二十四日，星期四，雨很大，二月廿一。

早晨十点钟从旅馆出来，幸而走进了中国界内，在出版部里吃午饭。烧断的电灯也来了，自来水也有了，一场暴风雨，总算已经过去，此后只须看我的新生活的实现，从那一方面做起。

阅报，晓得沫若不久要到上海来，想等他来的时候，切实的商议一个整顿出版部，和扩张创造社的计划。

午后，又冒了险，跑上租界上去。天上的雨线，很细很密，老天真好象在和无产阶级者作对头，偏是最紧要的这几日中间，接连下了几天大雨。

一路上的英国帝国主义者的威胁，和炮车的连续，不知见了多少，更可怜的，就是在闸北西部的好些牺牲者，还是暴露在雨天之下，不曾埋葬。过路的时候，一种象Chloroform[53]气味似的血腥，满充在湿透的空气里头，使行人闻了，正不知是哭好呢还是绝叫的好。

先打算上印刷所去看出版部新出的周报《新消息》的，后来因为路走不通——都被帝国主义者绝断了——只好绕过新闸桥，上映霞那里去，因为她寄寓的坤范女中，就在新闸桥的南岸。

上坤范去一打听，知道陈女士和她已经出去了，所以只好上蒋光赤那里去问讯。上楼去一望，陈女士和映霞，都坐在那里说话，当然是欢喜之至。和她们谈到五点钟，就约她们一块儿的上六合居去吃晚饭，因为雨下得很大，又因为晚上恐怕回闸北不便，所以饭后仍复和她们一道，回到蒋光赤的寓里，又在电灯下谈了二三个钟头的闲天。

送她们上车回去之后，更和光赤谈了些关于文学的话，就于十二点钟之后，在那里睡了。系和光赤共铺，所以睡得不十分安稳。

二十五日，星期五，（二月廿二）晴。

早晨六点钟就起了床，天终于放晴了。上印刷所去看了《新消息》周刊，又回到创造社来办了许多琐碎的小事，将本月份的账目约略付了一付，午前十一点前后，仍复绕道回到租界上来。在路上遇见了华林，就约他同道去访映霞，在蒋光赤那里寻见了她，就同华林及她，一块儿上北四川路的"味雅酒楼"去吃午饭。

天气很晴爽，但觉得有点寒冷。饭后陪映霞上同学的医生周文达那里去为她瞧了病，又和她在街上走了半天。

她本想马上回到杭州去，因为火车似乎还没有通，想去问讯，又经不过租界，所以只好在虹口日本人区域里，看了些卖日本货的店，和买了些文房用具及信纸信封之类。

今天在周文达那里，看见了日本报上海《每日新闻》的文艺栏

129

里，有一封日本记者山口慎一氏给我的公开状，内容系评《创造》月刊第六期的，同时又说到了应该要同情于无产阶级的话。我不知这一位记者是什么人，并且因为还没有看到昨天的那段上段的文章，所以摸不出头脑来。明天打算去查一查清，做一篇答复他的文章，在《创造》第七期上发表。和映霞别后，就又同逃难似的逃回中国界来。好几日不在出版部睡了，以后想好好的来做一点监督清理的工作。

二十六日，星期六，天气很好。（二月廿三日）

光阴过去得真快，一转瞬间，阴历的二月，又将完了。

早晨起来，就想出去，坐立都不安，一心只想和映霞相见。到了十点钟前，怎么也忍不住了，就上新闸桥去，过了租界，仍旧在那小馆子里坐下，写信去请她和陈女士来。

吃过了中饭，将近一点的时候，又上昨天去过的日本店里去了一趟，因为映霞要去换口琴，所以陪她走了一阵。二点钟后，回到蒋光赤的寓里去。大家谈了一会。剩下了陈女士和蒋光赤对坐着，我和映霞，从风沙很大的街上，走往法界的一家印刷所去问印书的事情。太阳光虽则晒得很暖，但因为风大，所以也有点微寒。马路上的行人拥挤，处处都呈着不稳之象。我一边抱拥了映霞，在享很完美的恋爱的甜味，一边却在想北京的女人，呻吟于产褥上的光景。啊啊，人生的悲剧，恐怕将由我一人来独演了。

和映霞又回上蒋光赤那里去谈了一阵，五点钟前，别了她们，走回家来，路过大观园澡堂，便进去洗了一个澡。

到家已经是将暗的时候了，将今天新自日本书铺里买来的一本小说，江马修著的《追放》，看了几张，人觉得倦极，就在九点钟的时候睡了。

二十七，星期日，（二月廿四）晴爽。

昨晚因为三德里来了一批军队，所以闹得睡不安稳，早晨九点钟起床，就听到了一个风声，说租界上特别戒严，无论如何，中国地界的人，都不能走向英界和公共租界去。心里很着急，怕映霞在等候我。但各处走走，都走不通，所以只好在家里闷坐。

吃过午饭，跟了许多工人上街去游行，四点钟回到出版部里，人疲倦得很。

晚上读《追放》，早寝。

二十八日，星期一，（二月廿五）雨。

午前一早就起来，出去找映霞，走入租界的时候，又受了帝国主义者的兵士们的侮辱，几乎和他们打了起来。

经过了几条障碍墙壁，好容易走到了南站，问火车究竟已经开往杭州去的有过没有？车站上的人说，每天早晨十点半钟，只开一次。可是因为这几日来刚才通车，所以人拥挤得很。得了这个消息，就跑回去找映霞，和她说了这一种情形，她已决定迟几日再走了。

在新闸路的一家饭馆里吃过了饭，天又下雨了，真使人气愤。和映霞冒雨去大马路买了一双皮鞋，很不自然地就和她别去。

在雨中正想走返闸北，恰巧遇见了李某，他和我上"快活林"去谈了许多国民革命军的近事，并且说有人想邀我去接收东南大学，我告以只能在教书方面帮忙，别的事却不能出力，嘱他转告当局。

回到闸北出版部，已经是午后六时，雨还是下得很大，从前出版部里用过的几个坏小子，仿佛正在设法陷害我，因为我将他们所出的一个不成东西的半月刊停止了的原因。

现代的青年，实在太奸险了，我对于中国的将来，着实有点心寒。万一中国的教育，再不整顿起来，恐怕将来第二代的人物，比过去的军阀政客，更要变坏。

今天邮政通了，接到了许多来信，仿吾也有信来，嘱我努力，我打算此后决计只在文学上做些工夫，飞黄腾达的事情，绝对不想了。明天万一天晴，晚上当去找教育当局者谈话，若天不晴，当于后天上租界上去。

几日来映霞消瘦得很，我不晓她心中在想些什么？今天本想和她畅谈一天，可是不作善的天老爷，又中途下起冷雨来了。她说昨天有一封信写给光赤，我不晓得她在诉说些什么？一个闷葫芦，终究猜它不破，她难道还在疑我么？

　　昨晚上读《追放》至二百七十七页，今晚上打算续读下去。书中叙述一个文学批评家，思想上起了变动，渐渐的倾向到社会主义上去。同时家庭里又起了变革，弟兄三人，都受了革命的虐待，发生纠葛。已结婚的他的夫人，也无端起了Hysteria[54]，不得不离婚了，离婚后即和一位有夫之妇，发生了恋爱，两人虽同居了几月，然而时时还在受过去的生活的压迫，所以都享不到满足的幸福。正在感到现在的满足的时候，过去的阴影，却又罩上心来了。这是第一编到二百七十七页止的内容，底下还有四百页的光景。作者江马修，本来是第二流的作家，文章写得很软弱，缺少热情，我从前曾经读过他的一本初出世的作品《受难者》。这《受难者》的描写虽幼稚，然而还有一股热情在流动着，所以当读的时候，还时时可以受到一点感动，但这感动，也是十分浅淡的。现在他年纪大了，文章也成了一种固定不动的死形式，《追放》的主意似乎在描写主人公思想变迁期的苦闷，可是这一种苦闷，却不能引起旁人的共鸣共感。江马修终究是一个已经过去了的小作家，我看他以后也没有十分进展的希望了。听说他做了这一篇《追放》之后，已经到欧洲去修学去了，万一他是伟大的说话，应该把从前的那一种个人主义化的人道主义丢掉，再来重新改筑一番世界化的新艺术的基础才对，文艺是应该跑在时代潮流的先头，不该追随着时代潮流而矫揉造作的。

二十九日，星期二，（二月廿六）天雨，后阴晴。

读《追放》读到午前两点多钟，一气把它读完了。读完之后，整个儿的评量起来，还不失为一部大作品，还是有它的生命的。中间写主人公被帝国主义资本主义所逼迫，终究不得不走上共产主义的一条路上去的地方，很可以使人感奋，我昨天在读了一半的时候，下的批评，觉得有点不对了。末了又写了一位朝鲜革命青年的自杀，把虚无主义的害毒约略说了一说，我对于这一段，觉得还不满意，因为他没有写得淋漓尽致。

早晨起来看报，知道东南大学已决定聘吴稚晖为校长，这一个光爱说话而不能办事的吴先生，我看他如何的办得动那个积弊难翻的东南大学。

浙江又有筹办大学的消息，我不相信昏迷下劣的杭州那些小政客，会把这计划实现。我想现在的中国人，还是前期遗下来的小政客型的狗东西居多，讲到有气节的清廉的教育家，恐怕还一个也没有。办大学同设衙门一样，不过一班无聊的人，想维持自己的饭碗，扩张自己的势力，在阴谋诡计中间想出来的一个光明的题目而已。唉，黄帝的子孙，中华的民族，我觉得人心已经死尽了，现在的革命，恐怕也不过是回光返照的一刹那，真正的共产政府，真正的无政府的政府，恐怕终究是不会有实现的一日的。

午后出去，上租界上去买了一件春衣，打算今后过极简单的生活，所以想把我自家一己的用费节省下来，这件春衣，只费了六块

134

多钱。

因为晚上要上法科大学去上德文课，并且因有人要约我于今晚谈话，所以于午后二点多钟约了映霞，上远东饭店去开了一个房间。洗澡毕，又和映霞抱住了吻嘴，今天的半天，总算又享受了半天幸福。

晚上映霞回去，和周静豪等谈了半夜天。租界上十点钟后，行人绝迹，一种萧条的景象，大约是有上海以后所不曾看见过的。

三十日，星期三，晴爽。（二月廿七）

午前出旅馆，已经是十点前后了，映霞也来，就和她们一道上望平街的同华楼去吃饭。饭后因为天气太好，又和她们一道上徐家汇去逛了一趟。

自徐家汇回来，终不忍和映霞别去，就又在一家小旅馆里开了一个房间，和映霞密谈到晚上的七点钟前。

上法科大学去上了几分钟的课，并且想找的一位朋友没有找着，一个人回到旅舍去，觉得非常的无聊，所以又坐了车子，赶上坤范女学去找映霞。但她已经吃过晚饭了，我硬拖她出来，要她陪我上饭馆去吃饭。坐电车到了四马路的"言茂源"楼上，我和她喝了两斤多酒。酒后闲步街上，于不意中寻见了二兄养吾的来沪，就和映霞别去。上他们的旅馆去谈了一会。到十点钟前，我也就回到法界的小旅馆里去，因为十点以后，交通须完全断绝的原因。

三十一日，星期四，晴。

晨起就回到创造社出版部里来，因为二天不返，在这两天内，又有许多事情和函件堆积着了。清账，批阅函件，一直弄到午前十二点钟才完事。

天气是很可爱的春天，太阳不寒不暖的遍晒在这混乱的上海市上，我因为二兄在那里候我的原因，就出去上四马路他们寄寓的那家小旅馆去。和他们喝了几杯酒，上西门的旧书铺去了一趟，买了些德文译的左拉的小说之类，就回来和他们一道去吃晚饭。又上法科大学去讲授了三十分钟的德文。

二兄及二三同乡，要我打牌，就拢场打到午前二点钟，睡了一二个钟头，又起来打了四圈。

四月一日，星期五，晴，二月廿九。

午前十点钟前后，上坤范去找映霞，和她出来上老半斋去吃饭。吃了一盆很好的鱼和一盆鳝丝。

饭后陪她买衣料书籍等类，足足的跑了半天，从西门一家书铺出来，走过了一个小电影馆，正在开场，就进去看了两个钟头。画名《Over the Hill》[55]，系从这首有名的叙事诗里抽出来的一件事实，片子很旧，但情节很佳，映霞和我，看了都很欢喜。

本打算和她一道吃晚饭后，再送她回去的，但从影戏馆出来，天忽而下起骤雨来了，所以就只好坐了车回到闸北来，两人在大雨里，在新闸桥上分了手。

晚上人倦极，喝了一瓶酒，就入睡了。

四月二日，星期六，（三月初一）。

夜来风狂雨大，早晨雨虽已经停息，而天上的灰云暗淡，仍是不令人痛快。

早晨八点钟醒来，又起了不洁之心，把一个月来的想努力奋发的决意，完全推翻了。今天打算再去找映霞上旅馆去谈半天天，去洗一个澡，买几本所爱的书，喝一点酒，将我平生的弱点，再来重演一回，然后从明天起，作更新的生活。Ah，Tomorrow，the hopeless Tomorrow！⁵⁶

137

注释：

---

① WillaS.Cather（英文），薇拉·开塞。

② O Pioneers!（英文），《噢，拓荒者！》

③ Prairie（英文），草原。

④ Alexandra（英文），亚历山德拉。

⑤ Turgenieff（英文），屠格涅夫。

⑥ Cather（英文），开塞。

⑦ O pioneers见注②。

⑧ Bergson（英文），柏格森。

⑨ Alexandra同注④。

⑩ Alexandra同注④。

⑪ SheilaKayeSmith（英文），希拉·凯·史密斯。

⑫ *Green Apple Harvest*（英文），《青苹果的收获》。

⑬ *Sussex gorse*（英文），《苏塞克斯的金雀花》。

⑭ PerfectLove（英文），完美的爱。

⑮ Bernhard Keller mann's *Der Tunnel* 德文，伯恩哈德·凯勒曼的《通往自由的通道》。

⑯ Gehorsam（德文），温驯。

⑰ firstkiss（英文），初吻。

⑱ Beatrice贝雅特丽齐，意大利诗人但丁《神曲》中提及的人物，是诗

138

人但丁的意中人。

⑲ The agony of love（英文），恋爱的痛苦。

⑳ ComptonMackenzie's *Carnival* （英文），康普顿·麦肯齐的《狂欢节》。

㉑ *Sinister Street* （英文），《罪恶之街》。

㉒ *La Vita Nuovra* （意大利文），《新生》。

㉓ Incipit Vita Nuova！（意大利文），《新生之始》。

㉔ John *Trevena's Heather* （英文），约翰·特里文纳的《石南属花》。

㉕ *Furze the Cruel* （英文），《残酷的弗斯》。

㉖ *Granite*（英文），《花岗岩》。

㉗ Cruelty（英文），残酷。

㉘ Endurance（英文），忍耐。

㉙ TheSpiritofStrength（英文），精神力量。

㉚ Trevena（英文），特里文纳。

㉛ Dartmoor（英文），达特穆尔高原。

㉜ Local Colour（英文），地域色彩。

㉝ *Heather* （英文），《石南属花》。

㉞ Bernhard Kellermann（德文），伯恩哈德·凯勒曼。

㉟ *Ingebrg* 德文，《英格堡》。

㊱ Thomas Mann 的 *Herr und Hund* （德文），托马斯·曼的《主人与狗》。

㊲ *Moral Pathology* （英文），《精神病理学》。

㊳ Arthur E. Giles亚瑟·吉尔斯。

㊴ *Hamsun's Erzählungen* （德文），《汉姆生短篇小说集》。

㊵ *Victoria*（英文），维多利亚。

㊶ Arthur Morrison's *Tales of the Mean Street*（英文），阿瑟·毛里森《陋巷的故事》。

㊷ B. Schulze-Smidt（德文），B·舒尔茨—斯迈德。

㊸ *Weltkind*（德文），《普世的孩童》。

㊹ *John Masfield's Complete Poems*（英文），《约翰·曼斯菲尔德诗全编》。

㊺ Laurids Brunn（英文），劳里斯·布鲁恩。

㊻ *Van Zunten's Happy days*（英文），《冯·楚顿的快乐时光》。

㊼ *The Great Modern Short Stoies*（英文），《现代短篇小说杰作集》。

㊽ B.Schulze-Smidt见注㊷。

㊾ *Weltkind* 见注㊸。

㊿ Morley Roberts莫利·罗伯茨。

(51) Henry James亨利·詹姆斯。

(52) *Third Degree*（英文），《拷问》。

(53) Chloroform（英文），氯仿。

(54) Hysteria（英文），歇斯底里症。

(55) *Over the Hill*（英文），《青春已逝》。

(55) Ah，Tomorrow，the hopeless Tomorrow！（英文），啊，明天，毫无希望的明天。

闲情日记

（1927年4月2日—30日）

一千九百二十七年四月二日，在上海闸北创造社内。

天气沉闷不快，又加以前夜来的不睡，早晨的放纵空想，头脑弄得很昏乱。

在阴沉沉的房里，独立着终觉得无聊。拿就了更换的衣服等类，正想出去找映霞。却接到了一封北京来的快信。这信是旧历的二月十一发出，今天却是三月初一了，从北京到上海，快信都要费去廿多天，象这样的中国，教人那里能够安心住下去。

荃君的信中，诉愁诉恨，更诉说无钱，弄得我良心发现，自家责备自家，后悔到了无地。气急起来，想马上跑上银行去电汇一二百块钱去，可是英帝国主义者，四面塞住了我的去路，在银行附近的地方跑了三四个钟头，终于无路可通。我这时候真气愤极了，若有武器在手中，当然要杀死那些英国的禽兽一二名，以泄我的愤怨。

不得已跑上二兄寄寓着的一家小旅馆去，把北京无钱度日的情形说给他们听，在那里的同乡都说我们长兄的不是，不该坐视弟媳的处到这一个穷地。但是我自己呢，却一句话也说不出，因为归根结局，这都是我自己的罪愆，不能怪旁人的。荃君呀荃君，这又是我的大罪了，请你饶我！在那里坐了一会，愤气稍平，就又跑出去找映霞，我告诉她以北京儿女的苦况，她也为她们抱不平，说我不应该不负责任到如此地步，我直想放声高哭了。和她出来走了一阵，买了些东西，在送她回去的路上，却巧遇见了一位姓丁的青年，自杭州来找她回去的。这一位丁君，年青貌美，听说也有意于她，可是她不愿意，所以现在丁君还在献殷勤。她告诉我后，我虽则心里也感到了些胜利者的骄意，但对于丁君，却也抱了不少的同情。

立在马路上，和丁君匆匆谈了几句话，她就决定于明天回杭州去，我也不加阻难，就又折回到四马路来，替她买了些衬衣点心之类。午后五点多钟，送她上了坤范，约定于明天一早就来送她上车，我就抱了一个冷寞的心，从阴淡的黄昏街上，跑回四马路二兄等在寄寓的小旅馆去。因为和二兄同住的，还有许多同乡在那里，所以就请他们上"六合居"去吃晚饭。

晚饭后回旅馆，又和他们打牌打到天明。

四月三日，星朝日。（三月初二）。晴。

一宵未睡，到早晨五点多钟，我就从小旅馆里走出街来，驱车上映霞那里去。天空还没有放明，东方只有几点红灯。寒气逼人，两股发抖，在马路上，清清冷冷的只遇见了几个早起的工人。

赶到映霞那里，已经是六点多了。和她们一道坐车到南站，在乱杂的喧叫声和寒风里立了两三个钟头。到了九点多钟，车快发了，我几回别去，几回又走回来，和映霞抱着亲了几个伤心的嘴，我的心快碎，我的神志（致）也不清了。到了九点十几分前，我因为不忍见火车，堂堂地将她搬走，堂堂地将她从我的怀抱扯开，就硬了心肠，和他们别去，然坐在车上，一看到她留给我的信，眼泪终于掉下来了。

和她同车去的，还有陈女士等，我心里想，幸亏先跑走了，不然怕又要成了笑话。

在租界上和二兄等吃了午饭，赶回闸北来，看了许多信并处理了许多杂务，到晚上吃晚饭的时候，才有空坐下来写了一封给映霞的信。

晚上九点多钟就入睡了。

四月四日，星期一，晴爽（三月初三）。

午前一早起来，上银行去汇了钱，并发出了一封给映霞和一封给荃君的信，路过伊文思书馆，便进去买了两本书。

天气很好，中上又上二兄的旅馆去和他们去吃饭。回来买了些旧书，更出去上大东酒楼赴友人的招宴。

晚上在二兄处宿。

五日，星期二，晴（三月初四）。

早晨去法科大学领三月份的薪水，又托二兄带了三十五元钱去北京给荃君，十一点前送他们上了船，从轮船码头下来，走过了一家书店，顺便踏将进去，又买了下列的几部书。

《Caesar or Nothing》—By Pio Baroja.[1]

《Furze the Cruel》—By Trevena.[2]

《Old Mole》—By Gilbert Cannan.[3]

《The Promised Land》—By Locurids Brunn.[4]

《In the South Sea》—By R. L. Stevenson.[5]

《Monsieur Ripois and Nemesis》—By Louis Hémon.[6]

《Anne Marie von Lasberg》—By Von Marie Steinbuch.[7]

这一家书店开在百老汇路公平码头的对过，新书很多，也有杂志等类出卖，据主人说，他家是上海开设旧书铺最早的一家，本来开在北四川路，于不久之前迁到此地来的。并且教我以后也常去看看，因为时常有好书到来。

中午在南市一家酒馆里吃了饭，又上参局去为创造社取了些款子。

回闸北家内，是午后四点钟前，蒋光赤来谈了半天闲天。我于夜膳前，补记这四日来的日记，正想写信给映霞，而出版部的几个伙计约我去吃晚饭，就匆促出去。

晚饭后赶上法科大学去教书，因为学生到的太少，所以不上课，又去那家俄国书铺去买了几本德文的旧小说，一部是Bertha von Suttner's《Die Waffen Nieder》。[8]那里还有一本她的《Martha's Kinder》[9]，将来也想去买了来。

七点半钟，急忙坐电车赶回闸北来，幸而华洋交界的地方，还可以通。到了三德里前头，却受了中国革命军的窘，因为他们有许多占住在三德里的民房内，晚上是不许旁人通行的。啊啊，我们老百姓，不知要受多少层的压迫，第一层是外国的军阀，外国的资本主义，第二层却是中国的新旧军阀和新旧官僚了。

到家之后，身上淋满了一身冷汗，洗了手脸，换了衣服，把今天买的书约略看了一遍，又写了一封给映霞的长信，直到九点半方就寝。

六日，星期三，（三月初五）今天是清明节。

阴晴，一早就起了床，走上街去寄信给映霞。后来一走两走，终于走到了北四川路大马路口。在晨餐处吃了饭，又上书铺去看了一回，买了一本英译的Knut Hamsun's《Victoria》⑩，午饭前上北四川路的内正（山）书店去。在那里遇见了日本人清水某，他和我谈了许多中国现时的政局。

午后到家里来，却接了一封映霞的来信，又见了许多来客，匆忙写了一封回信给她。晚上天下雨了，并且感觉到万分的无聊，回忆去年今日，正初到广州，很有希望，很有兴致，一年来的岁月，又把我的弃世之心练得坚实了。

晚上作映霞信及荃君信。

七日，星期四，先雨后晴（三月初六）。

早晨起床，刚在七点敲后，读Knut Hamsun's《Victoria》[11]至午后二点多钟，总算把它读完了，倒是一本好书。

午后出去饮酒，又买了二本德国书，一本是Bertha von Suttuer's《Martha's Kinder》[12]，系Die Waffen Nieder[13]之续，一本是诗集Albert Sergel's《Im Heimathafen》。[14]

晚上月亮很好，我从法界，和华林分手后，赶回家来，心里很有许多感慨，明天起，当更努力读书作文章。

八日，星期五，（初七）雨。

早晨起来，头就昏痛得很，因为《洪水》二十九期的稿子不得不交了，所以做了一篇《在方向转换的途中》。

午后出去买了几本书，因为有几个朋友入了狱，出去探听消息，想救他们出来，然而终究办不到。

三点多钟回家来，又作了一篇批评蒋光赤的小说的文章，共二千多字。今天的一天，总算不白度过去。晚上将《洪水》全部编好了。

九日，星期六，（三月初八）阴晴。

午前一早就起来了，早晨就在家积极整理创造社出版部的事情。
十点前去银行邮局取钱，付了许多印刷所的账。

午饭后去设法保释几位政治部被拘的朋友，又不行。

上太平洋印刷所去付钱。更去城隍庙买书，顺便去访之音，在她
那里吃点心，发了一封给映霞的快信。回来在北四川路上又遇见了徐
葆炎兄妹，为他写两封介绍信后，又写了一封信给映霞，托徐葆炎的
妹妹亲自带往杭州。

晚上办理创造社公务，至十一点半就寝。

十日，星期日，（三月初九），雨。

早晨一早，又积极的整理创造社的事务，一直到午饭后止，总
算把一切琐事告了一个段落。中饭前接映霞来电一通，系问我的安
危的。

午后出去打回电给映霞，并洗澡。

晚上发仿吾，资平，及映霞三封快信，办公务至十二点后就寝。
雨声颇大，从邮局回来，淋满了全身。

十一日，星期一，雨（三月初十）。

午前一早就出去，至印刷所催印刷品。途过伊文思书馆，买了一部Jakob Wassermann's《Christian Wahnschaffe》[15]，系英译本，名《The World's Illusion》,translated by LudwigLewisohn[16]，有一两卷，共八百余页，真是一部大小说。

中午返闸北出版部，天寒又兼以阴雨。午后在家做了一篇答日人山口某的公开状。向晚天却晴了，晚饭后又出外去，打听消息，想于明天回杭州去看映霞。

晚上将出版部事情托付了人，预定明晨一早就去南站趁车赴杭州。

十二日，星期二，晴，（三月十一）。

东天未明，就听见窗外枪声四起。起床来洗面更衣，寒冷不可耐。急出户外，向驻在近旁的兵队问讯，知道总工会纠察队总部，在和军部内来缴械的军人开火，路上行人，受伤者数人，死者一二人。我披上大衣，冒险夺围，想冲出去，上南站去趁车，不意中途为戒严兵士所阻。

天气很好，午前伏处在家里，心里很不舒服，窗外的枪声时断时续，大约此番缴械冲突，须持续至一昼夜以上。我颇悔昨晚不去南站，否则此刻已在杭沪道上了。

午后出去访友人，谈及此番蒋介石的高压政策，大家都只敢怒而不敢言。从友人处出来，又上南站去打听沪杭车。晚上天又下雨，至法科大学上了一小时课，冒雨回至英界，向鼎新旅馆内投宿。

上床后，因想映霞心切，不能入睡。同乡陆某来邀我打牌，就入局打了十二圈牌，至午前三时就寝。

十三日，星期三，雨，（三月十二）。

午前一早就醒了，冒雨还闸北，昨天的战迹，四处还可以看见。人心惶惑，一般行人店户，都呈着一种恐慌的样子。我将行李物件收集了一下，就趁车上天后宫桥招商内河轮船码头去搭船赴杭州。因为昨天南站，也有一样的工人和军部来缴械的人的冲突，打得落花流水，沪杭火车停开了。

在大雨之中，于午前十一点上船，直至午后四点，船始开行。一船逃难者，挤得同蒸笼里的馒头一样。

晚上独酌白兰地酒，坐到天明。

十四日，星期四，雨，（三月十三）。

在船上，天明的时候，船到嘉兴，午后天放晴了，船过塘柄，已将近四点，结果于五点半后，到拱宸桥。

这时候天上晴明高爽，在洋车坐着，虽则心里很急，但也觉得很舒服。

在西湖饭店里住下，洗了一洗手脸，就赶到金刚寺巷映霞的家里去。心里只在恐怖，怕她的母亲，她的祖父要对我辱骂，然而会见后，却十分使我惊喜。

一到她家，知道映霞不在，一位和蔼的中年妇人教我进去坐候，她就是映霞的母亲，谈了几句话后，使我感到了一种不可名状的快愉，因为我已经可以知道她不是我们的恋爱的阻难者。坐等了十来分钟，电灯亮了，映霞还是不来，心里倒有点焦急，起立坐下者数次，想出来回到旅馆里去，因为被她母亲劝止了，就也只好忍耐着等待下去。吃晚饭的时候，她终于来了，当然喜欢得了不得，就和她出去吃晚饭。晚饭毕，又和她上旅馆去坐到十一点钟，吻了半天的嘴脸，才放她回去，并约定明天一早就去看她。

十五日，星期五，晴爽，（阴历三月十四）。

昨晚上因为有同乡某来在旅馆里宿，所以一夜不曾安睡，送霞霞出去后，直到午前两点钟才上床。今早又一早就醒了，看见天气的晴朗，心里真喜欢得了不得。午前八点钟前，就去映霞家里，和她的兄弟保童、双庆，也相熟了。

在她的房里坐了一会，等她梳完了头，就请她们上西湖去玩去。等了一忽，她的外祖父，就是她的现在承继过去的祖父王二南先生，也来了。他是一个旧日的名士，年纪很大——七十五——然而童颜鹤发，蔼然可亲，和我谈了半日，就邀我去西湖午膳。和映霞的全家，在三义楼饭后，祖父因有事他去，她们上我的旅馆里去休息了一忽。

因为天气太好，就照预定的计划同她们出去游了半日湖。在漪园的白云庵里求了两张签，与映霞的婚姻大约是可以成的。其后过三潭印月，上刘庄，去西泠印社，照了一张相，又上孤山，回至杏花村吃了一点点心，到湖滨公园的时候，已经是六点多了。送她们上了黄包车，回到旅馆里来，却遇见了昨晚的那位同乡和他的情人文娟。这文娟，前年冬天，也曾为我发誓赌咒，我也一时为她迷乱过的，现在居然和她的情人同来看我了，我这时心里又好笑，又好气，然而一想到映霞，就什么也冰消了。和她们应酬了一场，又上一位同乡潘某家去吃了晚饭，到十点过后，仍旧踏月去城站附近的金刚寺巷，访映霞和她的母亲等。

在映霞家里吃了半夜饭，到十一点后才回到旅馆里来睡觉，文娟的情人，仍是不去，所以又是一晚睡不安稳。

十六日，星期六，晴爽，三月半。

午前将旅馆的账付了一下，换了一间小房间，在十点钟前上映霞家去。

和她出来，先到湖滨坐公共汽车到灵隐，在一家素饭馆里吃了面，又转坐了黄包车上九溪十八涧去。

路过于坟，石屋洞、烟霞洞等旧迹，都一一下车去看了一趟。

这一天天气又好，人又只有我们两个，走的地方，又是西湖最清净的一块，我们两人真把世事都忘尽了，两人坐在理安寺前的涧桥上，上头看着晴天的碧落，下面听着滴沥的泉声，拥抱着，狂吻着，觉得世界上最快乐，最尊贵的经验，就在这一刻中间得到了，我对她说："我好象在这里做专制皇帝。我好象在这里做天上的玉皇。我觉得世界上比我更快乐，更如意的生物是没有了，你觉得怎么样？"

她也说："我就是皇后，我就是玉皇前殿的掌书仙，我只觉得身体意识，都融化在快乐的中间；我连一句话也说不出来。"

我们走到午后三四点钟，才回到城里来，上育婴堂去看她的祖父，却巧又遇见了扫墓回来的她的母亲。因为她祖父在主理杭州育婴堂的事情，住在堂内，她母亲是时常来看他的。

坐谈了半天，我约他和她们上西湖三义楼去吃晚饭。我和映霞先行，打算去旅馆小坐，不意在路上又遇见了孙氏夫人，她本来是寄住在上海尚贤坊的，也可算是我们这一次结合的介绍人。顺便就邀孙夫人也去旅馆小坐，等到六点多钟，一同上三义楼去吃饭，同席者除映霞的全家外，又加了这位孙夫人，当然是热闹得不堪。

吃完晚饭，看了东方升起来的皓月，送祖父和孙夫人等上了车，我和映霞，及她的小弟弟双庆，又回到旅馆里去。

开门进去，就看见桌子上有许多名片和函件放在那儿，因为怕出去应酬，所以又匆匆和映霞等逃了出来，且将行李等件搬上金刚寺巷，以后拟在她的家里暂住。晚上谈话谈到十二点多钟，很安适的在映霞床上睡了，她把床让给了我，自家却去和她的娘同睡。

十七日，星期日，晴朗，（三月十六）。

早晨起来，因为天气太好，又和她的全家上灵隐去。在灵隐前面的雅园里吃中饭，午后在老虎洞口照了两张照相，一张是我和映霞两人的合照，一张是我和她的全家照的，照片上只少了那位老祖父。

晚上回来还早，又去玉泉、灵峰等处，坐到将晚，才回城里来。今天的一天春游，饱尝了些家庭团圆的乐味，和昨天的滋味又不同，总算也是我平生的赏心乐事之一。

晚饭时和老祖父喝了许多酒，月亮很好，和映霞出去，上城站附近去看月亮。走到十二点钟，才回来睡觉。

十八日，星期一，晴，（三月十七日）。

午前和映霞坐着谈天，本来想于今天回上海，因为她和她母亲弟弟等坚决留我，所以又留了一天。

中午喝酒，吃肥鸭，又和她母亲谈了些关于映霞和我的将来的话。中饭后，和保童、映霞又上灵隐去取照相，一直到将晚前的五点多钟，才回到岳坟来赶船。

在湖船里遇了雨，又看了些西湖的雨景，因为和映霞揎坐在一块，所以不觉得船摇得慢。

晚上早睡了，因为几天来游倦的原因。临睡之前，映霞换了睡衣上床前来和我谈心，抱了她吻了半天，是我和她相识后最亲爱的一个长嘴。

十九日，星期二，雨，（三月十八日）。

决定今天起身回上海，所以起了一个早。早饭后冒雨赶车，立候了两三点钟，因为车不开，终于仍旧回到映霞的家里。

午饭后鼾睡了半天，上湖滨去访了几位同乡，晚上早睡，临睡之前，本候映霞来和我亲嘴，然而她却不来，只高声的向她娘说了一声"娘，我睡了。"似乎是教我不要痴等的样子。

155

二十日，星期三，天大雨，（三月十九日）。

本不想走，然而怕住久了又不便，所以就决心冒雨去赶火车。自十点钟上车，在人丛中占了一席地，被搬到上海来，一连走了十四个钟头才到，到北站，已经是晚上十一点多了。

闸北戒严，不能出车站一步，就在车站上的寒风里坐到天明。

二十一日，星期四，天晴，（三月二十日）。

天明六时出车站，走回闸北的出版部里。大雨之后，街上洗得很干净。寒风吹我衣裾，东方的太阳也在向我微笑，我感到了一种不可思议的力量，大约是生命的力量。到出版部里坐了一忽，就出去洗澡并办创造社的公务。回来又上内山书店去了一趟，买了许多关于俄国的书来。

午后又办了许多创造社的公务，寄款给张资平，付新亚印刷所的印书款等。

在北四川路路上走着，觉得早晨感到的那一种生命力，还在我的体内紧张着，和阿梁上邮局去了一趟，出来就去喝酒，喝得大醉回来，路上上一家旧书铺去买了两册外国书。午后四点多钟，就上床睡了，一直睡到了第二天的早晨。

二十二日，星期五，（三月廿一），晴爽。

昨天早晨，发了一封给映霞的快信，今天一早起来，又写了一封给映霞，一封给她祖父的两封信。自家跑上邮局去寄快信，回来买了一张外国报来读。蒋介石居然和左派分裂了，南京成立了他个人的政府，有李石曾、吴稚晖等在帮他的忙。可恨的右派，使我们中国的国民革命，不得不中途停止了。以后我要奋斗，要为国家而奋斗，我也不甘再自暴自弃了。

奋斗的初步，就想先翻一两部思想新彻的书，以后如有机会，也不妨去做实际的革命工作。

午后把创造社积压下来的社务弄了一弄清，并将几日来的日记补记了一下，总也算是我努力的一种表白。

晚上当看一点书，因为好久不读书了，长此下去，怕又要变成一个不学无术的中国式的政客。

我平生最恨的是做官，尤其是那些懒惰无为的投机官僚，中国的所以弄得不好的，一大半就因为这些人过多的原因，而这些人的所以产生，就是因为了少读书。

二十三日，星期六，（三月廿二日），晴朗。

午前一早就有同乡来，想看书却又静不下来，所以只好和他们出去。

先上四马路各家书馆去催账，后又上十六铺乡亲家去托了一点事情。上日清船埠去候郭夫人，未到。

中午回家，午后作账单，直至五时前方出去，觉屋外的自然，分外的可亲可爱，这是劳动的赐物。我以后要劳动了，因为要享乐，先必需劳动，劳动以后的享乐，其味更纯更厚。比无聊过日子，实在要好百倍。

天气很好，傍晚一个人驱车过辣斐德路，看那路旁两排的中产人家，实在可以使人爱慕。残阳碎铺在红色砖瓦上，庭前的泊辣丹奴斯，朴泊辣树叶，都嫩绿了。微风吹来，还带着一点乐音，足证明这是文化的都市，而南京浦口的战事，丝毫不能混到我的脑筋里来。

从辣斐德路一直走往金神父路，去访华林，和他出来吃晚饭，又谈了许多关于爱情的天，并谈了些我这一回到杭州去的经验。

晚上回来，清了这一个月的本部部员的开销，啊，这创造社出版部，今年实在支撑不过去了，我怕要因此而生大病，我又想横竖事业也弄不好，不如和映霞一块儿死了倒干脆。临睡前，又作映霞的信，拟明天去作平信寄出。

二十四日，星期日（三月二十三日），晴朗。

今天是礼拜，午前起来，看了高远的天空，很想跑到郊外散步，

158

但是出版部的事情，又一刻也离开不得。

看书看到十点左右，出去上租界去跑了一趟。遇见了一位新闻记者，他把许多近事和我说了，使我想起了周静豪夫妇约我去吃午饭的前天的信。和这一位记者去城隍庙喝了半点钟茶，又走了些无头路，于十二点半乘电车去徐家汇。附近的草地绿树，碧桃杏花，真令人有世外之想，可是不知怎么，看了这样大好的春光，我终发生不出愉乐亡我的感情来，决不能回复十数年前，在日本郊外的时候那样的一心一意的陶醉在自然怀里的感情了。大约我是老了，我的自然的天性被物欲所污了。

投映霞的信于信筒去的时候，很想在这一个时候和她在一块儿，因为她若在我的身旁，我的对于自然感受性必要强些，耐久些，猛烈些。

在徐家汇吃了午饭，享受了些绝对和平的乡村都市的静趣，又和他们打牌打到晚上午前的一点多钟。

二十五日，星期一，（三月廿四），晴暖。

真是春天了，但我昨夜似为春寒所中，觉得头痛腰酸，身上在发烧。

在朝阳光里，在两旁的嫩绿的树列下，在乡下的大道上，坐车上华林去的时候，身上觉得很不舒服，在华林那里写了一封给映霞的信，并托他为我在他的近边找一间房子，预备不能回华界来的时候好去宿，便于正午前回到闸北来，那些用的伙计们又于我的不在中间图谋不轨了，气得我饭也吃不下去。

午前接到了映霞的信，马上复了她，自家去邮局投寄快信，她已经由杭州转赴嘉兴去就二中附小的教职了，我听了很为她喜。

寄信回来，看看窗外的残阳，都变了红色，我的眼也花了，头也晕了，怕大病将作，勉强记完了二日来的日记，或者自明日起要就床了。啊啊，我若就此而死，那么那些去年在创造社出版部里捣乱的卖我的无良心的自命少年艺术家，应该塑成一排铁像，跪在我的坟前。

二十六日，星期二，（三月廿五），晴朗。

昨晚发烧昏乱，从梦中惊醒者数次，发了一身大汗，方才觉得好一点。然而头昏眼晕，一动也动不来，早晨不得已只好依旧起来管理出版部事务，我觉得这一回的病很沉重，似乎要致命的样子。

午后搬上法界去住，因为晚上要去法科大学上课的原因，八点多点就上床了，翻来复去，苦闷了一夜。体热增高，发大汗如故，喉头痛腰酸。

二十七日，星期三，（三月廿六），晴热。

病加剧，然仍不得休息，因为出版部里没有人可托付的原因。午前上新群旅馆去看了几位同乡，请他们吃午饭，晚上在英界新群旅馆住。

二十八日，星期四，（三月廿七），晴快。

这几天来，天气实在太好了，可是变得热得很，早晨一早就醒了起来，头空空洞洞，口味只觉得淡得难受，很想吃一点甜的或咸的东西。昨晚上发热，仍复是发得很厉害，因为早晨起来，眼睛还是红红的。

昨天回出版部去。看到了日本文艺战线社的代表小牧近江和里村欣三来谒的名片，所以去回看了他们一次，并且于晚上请他们在一家广东酒馆内喝了一点酒。他们约我今早午前十一时去，所以一早就赶回出版部里，为他们做了一篇文章，名《诉诸日本无产阶级同志》，并且检了许多《洪水》、《创造》月刊，预备去送给他们。午前十点左右，在法界一家小照相馆照了一个相，复上田汉家去会了田汉，到十一点半钟，才和田汉到他们寄寓的孟渊旅馆。

天气很热，太阳又晒得太猛，所以中午就在老半斋吃了一次黄鳝饭。

午后上良友印刷所去，又去饮茶，系良友的编辑者梁得所君请的。

三点多钟，去周文达那里，求他为我再诊，因为昨天他为我诊后，今天果然觉得好些了，在他那里坐谈，一直谈到了夕阳陪晚的六点半钟。

复和周文达出来上孟渊旅馆去找小牧、里村，上"美丽川菜馆"去吃晚饭，吃到十点才送他们上船回日本去。送他们上船之后，我和周文达在蓝色的灯光底下，沿了黄浦江岸走回大马路外滩来，凉风吹上我们的醉面，两人的谈话声也带起倦色来了，我忽而感到了一种莫名其妙的旅愁。走到了爱多亚路口，一个人坐在公共汽车回法界金神父路来的时候，心上的悲哀，更加深了。

二十七日，星期五，（三日廿八日），晴热。

已经是春晚的时期了，残春所剩，不过一二日而已，我倒想为今年将尽的春光滴几滴眼泪。

午前也一早就起了床，虽然无事，但路却也跑了不少。几家好久不曾去过的旧书铺，都去走遍了，譬如北京路的几家，卡德路的那家，买了三四本旧小说。其中只有一本还有点意义，是Frank Swinnerton's《Elder Sister》（1925Edition）[17]。

一个人在福禄寿吃中饭，觉得菜并不坏，可是我的身体还没有复原，所以勉强的吃，只吃了一碗饭。

午后回出版部，遇见了自广东逃出来的伯奇，和他谈了一阵，就一道出来上内正（山）书店去。遇见了做那封公开状给我的日本人山口慎一氏。

买了一本《公论》的五月号，里头有佐藤春夫的《文艺时评》一段，觉得做得很好。

旁（傍）晚又上田汉那里去，坐到七点钟，和他们大家出来上天蟾舞台后台去看了琴雪芳、高百岁诸人，就请他们去吃晚饭。

晚饭后，又和伯奇等沿了外滩走了半天路，走到爱多亚路口，大家坐二十一号公共汽车回来。在车上遇见了一位新华艺术学院的女生，她上车来的时候，对我一笑，我几乎疑她是街上的卖妇了。直到下车的时候，她和我一道在打浦桥学校面前下来，我才晓得她是新华艺术学院的学生，并且晓得她上车来时的一笑，是在和我招呼，因为今早八点到九点，我在那里讲演，大约她是在那里听，所以她是认得我的。

三十日，星期六，（三月二十九日），天气晴热，早晚凉。

早晨春眠贪梦，想映霞想得了不得。一起来就写了一封信给她，并且告诉她我昨天已有一本书寄给她了。

坐公共汽车到拉斐德路，看见了些暑天的朝景，在一家茶馆里喝

163

了半天茶，才去找新亚印刷所。午前十一时返闸北，出版部里坐满了客人，不得已陪他们出来，上五马路来吃午饭。

饭后催对账目，回家后，又开了一次部务会议，决定了些关于创造社出版部的大计。

晚饭不吃，因为中午吃了太饱，口胃不好，傍晚七点钟，上租界上来，先往永安去洗了澡，就趁车跑回金神父路来宿。

明天是五月一日，世界劳动者的最可纪念的日子，从明朝起，我相信我的精神肉体，一定还要强速力的进步许多。

一九二七年，四月卅日，晚十时前，记于法界金神父路宿舍。

达夫。

注释：

① *Caesar or Nothing* —By Pio Baroja. （英文），皮奥·巴罗哈《若非凯撒便一无所有》。

② *Furze the Cruel* —By Trevena. （英文），特里文纳《残酷的弗斯》。

③ *Old Mole* —By Gilbert Cannan. （英文），吉尔伯特·凯南的《老堤道》。

④ *The Promised Land*—By Locurids Brunn. （英文），劳里斯·布鲁恩的《希望之乡》。

⑤ *In the South Sea*—By R.L.Stevenson. （英文），史蒂文森的《南海游记》。

⑥ *Monsieur Ripois and Nemesis*—By Louis Hémon. （英文），路易斯·埃蒙的《里济阿先生和复仇女神》。

⑦ *Anne Marie von Lasberg*—By Von Marie Steinbuch. （英文），冯·玛丽·斯泰因布赫的《安妮·玛丽·冯·拉斯伯格》。

⑧ Bertha von Suttner's 《Die Waffen Nieder》（德文），贝莎·冯·苏特纳·德《放下武器》。

⑨ *Martha's Kinder* （德文），《玛莎的孩子们》。

⑩ Knut Hamsun's *Victoria*（英文），克努特·汉姆生的《维多利亚》。

⑪ Knut Hamsun's *Victoria*见注⑩.

⑫ Bertha von Suttuer's *Martha's Kinder*（德文），贝莎·冯·苏特纳的

《玛莎的孩子》。

⑬ Die Waffen Nieder （德文），德的《放下武器》。

⑭ Albert Sergel's *Im Heimathaven*。 （德文），阿尔伯特·塞格尔《故国的港口》。

⑮ Jakob Wasser mann's *Christian Wahnschaffe* （德文），加考夫·瓦塞尔曼的《克里斯蒂安·万夏费》。

⑯ *The World's Illusion*, translated by Ludwig Lewisohn 路德维希·拉维生翻译的《世界的幻象》。

⑰ Frank Swinnerton's 《Elder Sister》（1925 Edition）（英文），法兰克·斯温纳顿的《姐姐》（1925年版）。

五月日记

（1927年5月1日—31日）

一九二七年五月一日，星期日，阴雨，在上海之出版部内。

过去的种种情形，现在不暇回顾，我对于过去，不再事伤叹了。要紧的是将来，尤其是目前。数日来因为病得厉害，所以什么事情也没有做。这一回病好之后，我的工作，恐怕要连日连夜的赶，才赶得上去。

天气阴森晦涩，气氛不佳，今年的五月节，太寂寥了，真太寂寥了。

早晨一早起来，冒微雨赶回闸北，在北四川路，又遇了英帝国主义者的阻难，几乎不能过去。到了闸北出版部，看了些来书，办了些琐事，在午前中仍复走了出来，今天头痛胃缩，身体很不好，午后睡了一个午后，晚上吃了一碗粥，还觉得不能消化。

二日，星期一（阴历四月初二），晴朗。

因为病得太郁闷了，所以一早起来，就上龙华去散了一回步，身体觉得倦怠得很，心里的郁闷，仍复是开放不了，到午前十一点左右，才到出版部里。

看了些来书和映霞的信，就走到北四川路来，在咖啡馆里吃了两杯牛肉茶和四块吐丝面包。

午后又在艺术学院宿舍内睡了一觉午睡，晚上上大世界前的"天津馆"去吃了一盘水饺。

回出遇见出版部里来的两个人和自广东来的王独清，陪他们去吃晚饭后，又谈了一忽，到十点钟才就寝。

三日，星期二（阴历四月初三），晴爽。

早晨一早就去出版部，见了一种荒废的空气，弥漫在出版部里。中午从法科大学会计处取了些钱来，请伯奇、独清等吃饭。

午后出去走了半天，晚上回来，又听见出版部伙计们中伤我的谤毁。

病稍微好了，只是消化不良。夜七点到九点，去上了一点多钟的德文课，十点后方就寝。

四日，星期三，（四月初四），晴爽。

早晨也于六点钟起床，觉得病已经好了八九分了，因为昨晚上听见的消息，所以和独清一道去闸北出版部开了一次全体职员大会。

对他们披沥尽了肺腑，教他们好好的为创造社尽一番力，我几乎自家的眼泪都吊下来了。

中午和独清出来，上一家广东菜馆去吃了中饭，天气很好，所以和他自北四川路，一直走向南来。路过伊文思，进去买了几本书，《Horizon》[1]系书评的集合本。《Art in North Italy》[2]系介绍威匿思等处的艺术的，《Fire》，Gibson[3]叙事诗集，《The Natural Philosophy of Love》，By Gourmont[4]系Ezra Pound[5]的英译本。

一路上走来，看了些熙来攘往的春日的世界，心里总觉得不快乐，和独清上伯奇那里去坐了一会，请他们在"天宝池"洗了澡，又仍复回到闸北去。

在出版部里接了些来信，上郑心南那里去了一趟，坐到傍晚，一个人出来上一家日本馆子去吃了晚饭。

晚饭后返出版部，才知道北京的二哥哥来了，马上出来上旅馆里去看他，见了侄儿侄女和他的新娶的第二夫人。十点前，仍复回到新华艺术学院里来宿。

五日，星期四，四月初五，晴快。

夜来小雨，然而我起来的时候，天已经放晴了。坐车上丰林桥去看了几位朋友，都没有遇见。折回法界去旅店看二兄养吾，和他出去买了些物事，回来就请他们吃饭，送他上南站的火车。

路上很想起了我的年老的娘，可是因为她待我的儿女太不近人情了，终于不想回去看她。我又想起了呻吟于产褥的北京的女人，就写了一封信去安慰她。

午后自火车站回来，在一家旧书铺里，又买了一本英译伊罢纳兹的小说《The Enemies of Women》⑥。此书我从前本来有过的，后来似乎被人家借走了，所以只好再买一本。

回到出版部里，见了一位新自日本回来的学生，他和我谈了许多艺术问题。我教他不要先决定目的，应该多致力于创作。旁（傍）晚上新亚印刷所去，告以印全集的次序。

晚上有新月一弯，挂在苍蔚的天里，我自法科大学教书出来，也感受了一点春夜的寒意。明天立夏，一九二七年的春天，今天尽了，可怜可叹。叹我一春无事为花忙，然而这花究竟能够不能够如我的理想，一直的浓艳下去，却是一个疑问。因为培护名花，要具有大力，我只觉得自家的力量还有点不足。今天早晨也曾发信寄照相给她过。

六日，（四月初六），星期五，晴快。

连日的快晴，弄得我反而悲怀难造，因为我有我一己之哀思，同时更不得不加上普世界的愁闷。时局弄得这样，中华民族，大约已无出头之日了，我所希望的，就是世界革命的成功。然而人心恶劣，中外都是一样，机会主义者，只晓得利用机会去升官发财，同人的利益是不顾着的，那里还谈得上牺牲？谈得上革命？

午前又上印刷所去，教他们在全集第一页上，加上一个Dedication⑦："全集的第一卷，名之曰《寒灰》。寒灰的复燃，要借

171

吹嘘的大力。这大力的出处，大约是在我的朋友王映霞的身上，假使这样一本无聊的小集，也可以传之久远，那么让我的朋友映霞之名，也和她一道的传下去吧！"

十点钟前回到出版部里，知道内山书店昨晚着人来叫我去。到了内山书店，却见郭夫人和她的四个小孩来了。为她找旅馆，弄行李，忙了一天。午后王独清又来，同在虹口跑到晚上，洗澡，吃饭，十点钟回金神父路去睡觉。

七日，（四月初七），星期六，晴。

晨七时前起床，上河南路旁"五芳斋"去吃早饭，回到出版部里，已经是十点多了。写了一封给映霞的信，就有来客，系同乡张某，和他谈到午后的两点钟才去。

午后又想上租界去乱跑，因为天气寒冷，就没有出去。又有人来访，和他枯坐到晚，苦极了。

傍晚的时候，因为天气太好，就坐车上江湾去了一趟。回来在一家小馆子里吃晚饭，又觉冒了风寒。

晚上出去访郭夫人，仍至新华艺术学院宿。

八日，晴朗，（四月初八），星期日。

　　早晨写了一封给映霞的短信，出新华后，又上"五芳斋"去吃早饭。回出版部后，看了许多信，想执笔做文章，苦无兴致。

　　午后上北京大戏院看电影，系伊凡纳兹的作品《妇人之仇敌》。从影戏院出来，在北京路旧书铺里买了一本但丁的意大利文《神曲》及其他的小说二三册。

　　晚上懒极，早眠。

九日，星期一，今天是国耻纪念日，夜来雨，阴。

　　晨起，觉满身筋骨酸痛，想去买一本德文小说来读。因为前天早晨，自"五芳斋"出来，路过壁恒公司的时候，看见有一本俄国Bunin⑧的小说，系译成德文者，似乎很有一读的价值。

　　十点钟到德国书铺，买了两本书，一本是Bunin's 《Mitja's Liebe》⑨。一本是Bernhard Kellermann's 《Die Heiligen》⑩。又到法界去看了几位朋友，他们都到南京去了，没有会到。中午在"新半斋"吃鳝鱼，吃了一个醉饱。

　　午后看婆宁的小说，作映霞的复信一封。

　　晚上去新华宿，月亮很好，步行至郭复初寓，和郭太太谈了一阵就走了。随后又到同福里的李宅，谈了半个多钟头，在那里遇见了陈

173

方，将浩兄的事情托了他，他也已答应，因而就写了一封信去催浩兄到南京去。创造社事，也弄稳固了，大约被封总不至于的。

十日，星期二，晴朗，今天要去法科大学上课。

午前起来，天气很寒冷，并且雾很大。走到霞飞路坐电车，商家店门都还没有开，买了一大张《大陆报》看，今天的论文里却有非难蒋介石处，真奇怪极了。

中午去赴宴，会见端六杏佛诸人，据说当局者可以保证创造社的不封，但要我一个交换条件，去为他们帮助党务，托病谢绝了。

午后请修人等去吃晚饭，有同乡陆某，也邀在内，陆要回浙江，送了他十元路费。晚上会光赤，谈到十时去新华艺术学院宿，人颇觉疲劳，病了。

十一日，星期三，晴快。

一早就醒，觉得病得很凶。腹泻不止，午前和王独清走了半天，觉得两只脚有一千斤重，似乎是将死的样子。

午后又和独清及同乡张某纠缠到四点钟，人倦极了，但不能脱身。

接到映霞的信数封，快慰之至。就马上写了一封回信给她。

晚上去法科大学上课，读Ouida's《In a Winter City》⑪，仍在新华宿。

十二日，星期四，雨。

觉得病加剧了，午前将《洪水》第三十期编好后，出去为张资平侄事冒雨跑了半天，终没有结果，在一家北京馆吃中饭，午后回家睡了半天，晚上过俄国旧书铺，冒雨上法科大学去签了一个名，又回到新华去宿。

十三日，星期五，晴。

早晨，在新华候独清，至十点钟前方出去。伯奇也来了，三人就走在一道。

十二点钟至四马路光华，为独清索取《圣母像前》之稿费，中午在四马路一家广东馆名"杏花楼"的楼上吃饭。价很贵而菜不好吃，又上了一回当。

午后回家，在出版部里遇见了自富阳来的二哥哥。和他一道出去，办了些事情，傍晚就在四马路的澡堂里洗澡，浴毕去饭店弄堂吃晚饭。

晚饭后，和独清、伯奇等别去，我和二哥哥回出版部，他们去出席文艺座谈会，我答应他们一点钟后就去。

回到出版部里，匆忙看了一封信，才知道映霞到上海来了，惊喜交半。上内山书店楼上的日本人组织的文艺座谈会去坐了一坐，就雇车奔跑到三马路东方旅馆去找映霞，她系于午后一点钟到的。晚上和她谈到半夜，就在那里和衣而宿。

十四日，星期六，晴。

早晨一早就起了床，和映霞出去上"北万馨"去吃早点心，伙计都惊讶我们的早起。劝映霞迁一个旅馆，又和她说了一阵话，即跑上闸北去看二哥哥，他已经走出去了。就马上回来和映霞作伴，中午约了华林又上饭店弄堂的那家小馆子去吃饭。座上说了许多到欧洲去的话，映霞也觉得很快活。

从饭馆出来，又上新华艺术学院去看了一趟，出来直回旅馆，一直谈到半夜。

十五日，星期日，晴快。

早晨起床，想到吴淞去玩。因为肚子痛，映霞劝我上周文达那里去看病。二哥哥已于今天早晨回浙江去了，所以两人终究没有谈天的机会。

在周文达那里和映霞坐到十一点钟，出来就在"晋隆番菜馆"吃午饭。饭后在大马路上闲走，为她买了一件衣料，修了一修手表。回旅馆后，看报上的广告，见有白蔷薇的电影，在北京大戏院上演，就和她去看去。看到五点多钟，散场回来。映霞上陈锡贤女士那里去取裙，我也新华去了一趟，约好于七点钟再在旅馆里会。晚饭在大马路浙江路口那家小馆子里吃的，又在街上走了一会，就回来睡了。

十六日，星期一，晴。

早晨起来，两人都有点依依难舍的神情，因为她要回嘉兴去。正在互相搂抱的时候，她看出了我眼睛里的黄色。她硬要我去另找一个医生看病，我勉强上钱潮那里去看了一看，果然决定了我所患的是黄疸病。

十点左右，两人又去北四川路配了药，中午十二点钟，才送她上北火车站去赶快车。

午后回到闸北，觉得人更难堪了，就把创造社里的事情，全部托付了出去，一个人跑回新华来。晚上睡得很不好，精神也萎靡不振之至。

十七日，星期二，晴。

早晨和画家陈某及王独清一道，来法界金神父路的广慈医院，进了东院第二号的二等病房。

睡了一天，傍晚起来上法科大学去了一次。

十八日，星期三，晴。

医生禁我吃咸的东西，肉，蛋之类，都不能吃，一日只许饮牛奶五杯，面包数块而已。睡了一天，读岛崎藤村的小说集《微风》。傍晚又上法科大学去了一次，顺便也去访问了李某。

十九日，星期四，晴。

病体还是那样，不过病院生活的单调，有点使我感得不自由起来了。终日读《微风》。

傍晚出去，上出版部去了一趟，接了两三封信，一封自嘉兴的映霞那里来，一封是她的母亲来的。

回病院的途中，又上法科大学去转了一转。

二十日，星期五，晴。

午前医生许我吃素菜了，但病症仍没有丝毫进步。有一位招呼我的道姑要去"避静"，我也想和她一道的出这一个病院。

陈锡贤女士来看我，说明天映霞又要上上海来。我心里真感激她，可是有点觉得对她不起。午前李某也来了。

午后补记了几日来的日记，人倦极了，明天等映霞来后，我打算迁移一个病院。

二十一日，星期六，晴爽。

午前在病院读书，把Ouida's《In a Winter City》[12]读了一半。

中午的时候，天气很热，人亦倦得不堪。在沙发上躺了一会，愈觉得这一次进病院的不对。病体依旧，而钱却化（花）了不少了。

等到午后三点钟前，华林来了。映霞和锡贤也果然来了，我真喜欢得了不得，就叫了一乘汽车出了病院。

这一晚在远东饭店宿，和映霞去看《Barrie's Little Minister》[13]的

电影，到十一点送她上坤范去后，才回旅馆睡觉，很不安稳。吃晚饭的时候，我又请他们大家吃了一顿。

二十二日，星期日，晴热。

早晨一早就醒了，候映霞来，到了十点，搬往振华去住，住在后面我曾经住过的那一排房子里。

午前和映霞杂谈，在家里坐着无聊，便走上城隍庙去散步，顺便去访问了之音等姊妹三人。在他们家里，和她们吃中饭。

下午在旅馆里不出去，旁（傍）晚为映霞买了些鞋袜，便和她上"禅悦斋"去吃晚饭。

饭后又在电灯光亮的马路上走了一阵，九点过后，送她上坤范女学去。我一个人，在振华宿，睡得很好。

二十三日，星期一，阴。后雨。

午前在旅馆里候映霞来，九点过后，她送药来了。吃了最后的这一服药，便和她上新亚去看《达夫全集》的第一卷。印刷已经一半多了，不过封面还没有送去，当催伙计去买好送去。

车上遇买票的人，告我医黄疸病的医生，就上六马路仁济堂那里去，候了半天，又跑上西门医生家里去了一趟，才开到了一个药方，回来在路上买了药回旅馆。

午后一点多钟，送映霞到火车站，天竟下起雨来了。在闸北出版部里煎了一剂药，服后去商务印书馆找郑心南问资平的版税事，又去访婀娜。晚上有人请我，当去赴宴。

在"新新酒楼"吃晚饭，遇见胡适之、王文伯、周鲠生、王雪艇、郭复初、周佩箴诸人。主人李君极力想我出去做个委员，我不愿意。后来他又想请我教周某及其他几十宁波新兴权势阶级的儿子的书，我也没有答应。

晚上在新华睡，因为蚊子臭虫太多，睡不安稳。

二十四日，星期二，晴热。

午前一早醒来，就上虹口去打听"《文艺战线》六月号到未？"问了两家，都说还没有来，大约明天总可以到上海，我的危险时期，大约也在这十几天中间了。

孤帆教我去躲避在他的家里，但我却不愿去连累及他，所以仍想上西湖去住几天。

中午带早膳，是在一家日本铺子里吃的，吃了一碗母子饭及一碗田舍汤。

昨天接到我北京女人的信，很想复她，但没有写信的勇气。

午后在出版部睡觉，服中国药一剂，读了O.Henry[14]的一篇无聊的小说，作映霞的信。

二十五日，星期三，晴。

因为久不在出版部里睡了，弄得臭虫很多，昨晚几乎一宵没有合眼。早晨起来，做了许多事情，上虹口一家日本馆去吃了一顿朝餐，很觉得满足。好久没有尝那酱汤的滋味，今朝吃起来觉得很合我的胃口。吃早饭后，又上仁济堂去看了一次医生，午后回来，又服了一剂中国药。

王独清来出版部里，杂谈了一阵，和他出去走走，走到傍晚，去日本馆子吃母子饭一碗。晚上上法科大学去上课，仍回出版部宿，发映霞及北京的快信各一。

二十六日，星期四，晴。

早晨去虹口，想去日本馆子吃早饭还早，所以就上"五芳斋"去吃了些汤团之类，又觉得吃坏了。

回来接到许幸之自狱里的来书，就上上海县衙门监狱里去看他。他见我几乎要放声哭了，我答应他设法营救，教他再静候几天。

买了许多旧书回来，出版部里一个人也没有，看了半天书，晚上一个人上北四川路去吃鸡饭。饭后上内山书店，不意中遇见了一欧。我告诉内山，一欧就是黄兴的儿子，他睁圆了眼，似乎感动得很，日本人的英雄崇拜之心，实在比中国人强。

晚上上法科大学去上课，结束了这一学期的事情。

二十七日，星期五，晴。

早晨又上虹口吃了一碗母子饭当早餐。上书铺去看了一趟，买了一本L. H. Myers[15]的小说《The Orissers》[16]。迈衣爱氏是一个新进的作家，他的小说雄壮伟大有俄国风，中国人大约还没有人读过他的东西，我打算读完后，为他介绍一下，可使中国目下的那些英文学家晓得晓得。

回到出版部里，接到映霞的来信，约我明天早车去杭州。为许幸之等写了一封信给东路军总指挥处的军法科长，要求放免许等三人。

午后去访适之，告诉他将往杭州去养病。

晚上读《Orissers》[17]，去南市换钱。

二十八日，星期六，晴。

昨天晚上睡不稳，中夜起来了好几次。天未明，就把书籍衣箱等检就，预备上车，终于六点钟前到了车站。

等车等了两个多钟头，人疲倦极了。车上遇见了许多朋友，有师长某，五六年不见了，倒还认识我。

午前十一点过，车过嘉兴，下车去寻映霞。在长廊上来回寻了两次，都不见她，心急上车，她却早在我的车座前坐下了，自然喜欢得很。和她一路上来，忘掉了病，忘掉了在逃难，午后一点多钟，到城站。

在站上找二哥养吾不见，大约他今天早晨已趁早车到上海去看我的病了，真有点对他不起。

去映霞家，见了她的祖父母亲，都说我病势不轻，马上去请集庆寺僧来诊视，晚上服药一剂，早眠。

二十九日，星期日，晴。

早晨一早，就去西湖，遇黄某于途，他告诉我浙江大学预备聘我来掌教，并且劝我在杭州静养，为我介绍了医师一人，我没有去看。

在湖塍闲步，遇见了许多同乡，他们大约是在谋事情，可惜我力量薄弱，不能够一一荐引他们。

十点钟前回到金刚寺巷来服药，午后睡了一觉，出去买了些吃的东西来。又去旧书铺买几部诗集，及苏曼殊的诗小说集一本。

晚上早就寝，觉得病好了许多了。

三十日，星期一，晴，今天是阴历四月的末日。

午前一早就醒了，在床上读了两篇曼殊的小说，早膳后，做了一篇《杂评曼殊的作品》，共四千字，至中午十二时脱稿。

午后服药，觉得头痛，精神不爽，大约是午前做文章太过的原因，睡了一个下午，旁（傍）晚出去候上海车来，想等二家兄下车，等不到。

晚上天闷热，晚饭后，和映霞出去上城站空地里去散了一回步。

三十一日，星期二，晴热，闷人。

五月又于今天尽了，这一个月里，什么事情也不做，只弄得一身大病。

日本的《文艺战线》六月号，前天可到上海，大约官宪当局又存起疑神病了。

185

午前去西湖会黄某，谈及病状，又蒙他们注意，劝我安心静养，上湖塍旧书铺去看旧书，没有一部当我意的，午后服药。

得上海信，前天果有人去出版部搜查了，且在调查我的在杭住址。作复信一，要他们再为我登报声明已到日本的事情。

今早把那篇评曼殊的文章寄出，又要做月刊的文章了，大约在这两日内，还要做两三万字才行。

午后上大街去购物，也曾上车站去候车，二家兄没有回来。

读《笃旧集》中张亨甫诗选，晚上和映霞去城站散步，九点钟就寝。

注释:

① *Horizon*（英文），《地平线》。

② *Art in North Italy*（英文），《北意大利的艺术》。

③ *Fire*, Gibson（英文），吉布森的《火》。

④ *The Natural Philosophy of Love*, By Gourmont（英文），古尔蒙的《爱的自然哲学》。

⑤ Ezra Pound（英文），埃兹拉·庞德。

⑥ *The Enemies of Women*（英文），《女子的仇敌》。

⑦ Dedication（英文），献辞。

⑧ Bunin 蒲宁。俄罗斯著名作家，以短篇小说知名，曾获得诺贝尔文学奖。郁达夫将之译为"婆宁"。现通译为蒲宁。

⑨ Bunin's *Mitja's Liebe* 蒲宁的《米佳的爱情》。

⑩ Bernhard Kellermann's *Die Heiligen* 伯恩哈德·凯勒曼《圣徒们》。

⑪ Ouida's *In a Winter City*（英文），奥维达的《冬天的城市》。

⑫ Ouida's *In a Winter City* 见注⑪。

⑬ *Barrie's Little Minister*（英文），《巴里的小牧师》。

⑭ O.Henry 欧亨利，本名威廉·西德尼·波特(William Sydney Porter)。美国著名批判现实主义作家，世界三大短篇小说大师之一。

⑮ L. H. Myers, L·H·迈尔斯。

⑯ *The Orissers*《奥利萨一家》。

⑰ *Orissers* 即《奥利萨一家》。

客杭日记

（1927年6月1日—24日）

一九二七年六月一日，星期三，晴，（旧历五月初二）。

前月二十八日，早晨和映霞坐车来杭，半为养病，半为逃命，到今朝已经有五天了。梦里的光阴，过去得真快。日日和映霞痴坐在洞房，晚上出去走走，每日服药一帖，天气也好，饮食也好，世事全丢在脑后，这几天的生活，总算是安乐极了。记得Dowson①有一首诗，是咏这样的情景的，前为王某译出，错了不少，我为他指出错误，原文印在《文艺论集》里，现在记不清了。

午前不出外去，在家候二兄到来，中午上海快车来后，却遇见了一位自北京来的学生，以二兄的手书来投，说他将乘夜车来杭。

午后集庆寺和尚来复诊，又给了我一包丸药吞服，我真感谢映霞的祖父的诚挚。因为这一回的劝我来杭，和介绍和尚，都是他的主张。

晚上出去候上海快车，二兄于八点钟到，和他去看映霞的祖父二南先生，谈到十点钟才回来就寝。

六月二日，星期四，（旧历五月初三），天晴，有雨意。

早晨送二兄至江干，送伊上船后，我就回旗下去"聚丰园"定菜，决于阴历五月初六晚请客一次，将我与映霞的事情公布出来。午后为发帖等事忙了半日，傍晚出去买了些杭州官书局印行的书，有几部诗集，是很好的版子，又制夏衣一袭，预备在宴客那天穿的。

晚上去会黄某，大约是他不愿意见客，所以被挡了驾，小人得志，装出来的样子实在使人好笑。

三日，星期五，阴，微雨。

早晨又去看黄某，又被挡驾，在湖塍上走了一趟，气倒消了，就回城站来买书，买了一部《百名家词钞》的残本，版子很好，可惜不全了，只有四十七家，中有《菊庄词钞》之类，大约是乾嘉以前刻的。

午后微雨，上海有钱汇来，日本的杂志《文艺战线》六月号，也于昨天寄到了。

三点钟的时候，又上官书局去买了些书，候上海来的朋友不到。

晚上浩兄书来，说初六那天来不来不定，为之不悦者通夜，和映霞对泣移时。决定明天坐汽车回富阳去一次，无论如何，总要催他到来。啊，求人真不容易，到今朝我才尝着了这求人的滋味。

四日，星期六，阴晴，天上微云遮满，我求老天爷不要在今明两天下雨才好。

昨晚不能入睡，想到世态人情的炎凉易变，实在不得不令人高哭。早晨五点多钟就起了床，读昨天买来的《啸园丛书》一册。病体似乎好了些，只是眼白里的黄色还没有褪尽。

今朝是旧历的端午节，龙儿死后，到今天正是一周年了，早晨在床上回忆从前，心里真觉得难过。

昨晚因为得了二兄的信，说明天我与映霞宴客之夕，也许不能来，所以早晨就坐汽车到富阳去。

杭富路一带，依山傍水，风景实在灵奇之至，可惜我事拥心头，不能赏玩，坐在车里大有浪子还乡之感。

十点钟到了富阳，腰也坐痛了。走到松筠别墅，见了老母，欲哭无声，欲诉无语，将近两年不见，她又老了许多，我和她性情不合，已经恨她怨她到了如今，这一次忽然归来，只想跪下去求她的饶恕。

吃了午饭，上故园的旧地去走了一遭，在傍午的太阳中，辞别母亲，仍复坐汽车回到杭州来，到涌金门头，已经是午后的四点多钟，湖上的游人，都在联翩归去的时候了。

晚上又到各处去请客，走到八点多钟，倦极思眠，草草服了丸药，就上床去睡。

五日，星期日，旧历五月初六，先雨后晴。

早晨起来，见天空里落下了雨点，心里很觉得焦急。坐在屋里看书，十点前后，黄某来看我，谈到傍午方去。又有两位女子中学的先生来看，便留他们在映霞家里吃饭。饭前更上西湖圣武路旧六号去看了蒋某，途上却遇见了北京的旧同事谭氏。

午饭后，天放晴了，小睡了两点钟，上涌金门去候二胞兄的汽车，久候不到，顺便又上湖边上的旧书铺去看了一趟，一共买了七八本词集，因价未议定，想于明朝去取。

六点钟上"聚丰园"去，七点前后，客齐集了，只有蒋某不来，男女共到了四十余人。陪大家痛饮了一场，周天初——映霞的图画先生——和孙太太——我俩的介绍人——都喝得大醉，到十二点前才按排调妥。

和映霞的事情，今夜定了，以后就是如何处置荃君的问题了。晚上因为人倦，一上床就睡着。

六日，星期一，旧历五月初七，晴。

晨起送二胞兄上汽车回富阳去，路上的店家还未起床哩，买了些烟及饼干，托转送母亲。

别了二哥哥，转身就上西湖去买就了昨天未买的词集，又去看

193

那醉饮的两个人，他们因为醉得太凶，昨晚不能回去，所以我就送他们在菜馆附近的旅馆里过夜。今朝他们都已醒了，侍奉了一场，送她——孙氏的夫人——先上了车，映霞也到，更看视了一番周氏醉醒的状态，我和映霞就上集庆寺去看医生。

阳光太热，中午自集庆寺回来，觉得坐车也有点不耐烦了。

午后又睡中觉，上西湖去回看了几个人，周天初和我们走了许多的路。和映霞在留芳照了几张照相。

七日，星期二，阴，晨雨。

今天已与天初约定，一早就上他那里去，因为他要为我们照相。很想和映霞及他，上六和塔去，不晓得去得成否。

在床上读了几页日文小说，很有技痒的意思，明后天当动笔做《创造》七期的稿子。

因为午前阴雨，所以映霞不愿意出去，在房里蛰居了半日，午后王母（映霞母）上亲串家去回拜去了，与她约好在西湖"西园茶楼"会齐，去游西湖。

二点钟左右，我和映霞去西园，天已放晴了。在西园稍坐了一忽，王母来了，就和她一同坐船去西泠印社，吃茶一直吃到五点多钟才回来。晚上早睡。

八日，星期三，晴，热。

天渐渐有点夏天的意思了，我真自家不信自家，在这半年里会这样的一点儿成绩也没有。

午前仍复在家里，看了几本笔记小说，一部是上海对山毛祥麟著的《墨余录》，一本是杭州人著的《苦海新谈》。《墨余录》十六卷，每卷各有记事若干条，多咸同间时事。笔墨很好，可惜抄袭处太多。《苦海新谈》，虽则文笔不如《墨余录》，然而有几条记事，却很富有艺术性。

接上海来信，中间附有上海小报一张，五月三日的小报上记有《郁达夫行将去国》一条，记载得还不很坏，小报名《福尔摩斯》。

午后和映霞出去，太阳晒得很热。先坐车到三元坊的光华书局，知道《达夫全集》第一卷《寒灰集》已经来了。拿了一本全集，想和她上六和塔去的，因为等汽车不来，所以又上西湖船去。我和映霞两人游湖，始自今日，从前上湖船去，大抵总有人在一道的。

上孤山去饮新龙井茶，在放鹤亭边却遇见了我在武昌的时候教过的学生，他们现在浙江当委员，为我照了一张照相。从小青坟下出来，更上岳庙前"曲院风荷"去走了一圈，打桨归来，斜阳已落在两峰的阴影下了。

晚上本欲和映霞出去散步，因为她明天要去嘉兴，所以留在家中，和她话别后的事情。紧抱了许多回，吻了不计其数的嘴，九点前就各自分散睡了。

九日，星期四，阴历六月初八，晴，热。

早晨起来，就有点心神不定，因为映霞今天要去嘉兴。本来打算和她再去玩半天的，因为她要整理行箧，所以终于不去。午饭前和她去买了些饼干之类来送她，草草吃完了午饭，睡了一个钟头，就送她上车站去。

午后两点钟开车，在车站上又遇见了许多朋友。她去了，我想这几天内赶紧做一点文章出来。

傍晚去看了一位住在西湖客栈里的朋友，回来读了一篇俄国新小说。

今天又洗了一个澡，觉得身体轻快了不少。明天早晨可写五千字，晚上可写五千字，大约在三日之内，一定可以把两万字的一篇小说做成。

晚上上街去购物，想念映霞不置（止），读辽文数则，盖缪荃孙所编书也，虽则薄薄两本，搜辑之苦，可以相（想）见，古人之用心，诚可佩服。

十日，星期五，阴晴。

晨六时就起了床，看天空暗淡，似有雨意。近来干旱，一月余未下雨，老百姓苦死了，秧禾多还没有种落，大约下半年，又要闹米荒

196

也。

在床上读俄国新小说集，然引不起兴致来做东西，自今天起，想蛰居不出，闭门硬做，把那篇两万字的小说做成它。

这半年中，恍如做梦，一点儿成绩也没有，若这一回做不出一篇大文章来，那我的生命就没有了，努力努力，还是要努力。

午前集庆寺僧来看病，说病已轻了许多了。中午有同乡周某来看我，谈了一回，就和他去访问同乡李某、裘某，又上西湖去走了一回。

午后睡午觉，醒来已将晚了，读德文Bunin's《Milja's Liebe》[②].这篇小说，系在沪日未读竟者，大约明天可以把它读毕。映霞来信，禁我出去，我也写了一封回信给她，教她安心从事于教授，我的病可以请她放心。又写了一封信去给富阳的孙氏，告以和映霞的关系。晚上早眠。

十一日，星期六，旧历五月十二，晴。

今天是入霉的节气，大约今后是一年中最闷人的天气了，我的病体，不知道如何的捱得过去。很想到北京去过夏，但是这几个月的生活费，又从何处去取？

午前在家里不出去，午后又睡了一觉午觉，旁（傍）晚上城站各旧书铺去走了一回，晚上早眠。

197

十二日，星期日，梅子黄时，晴雨不常，天闷热。

晨起就觉得无聊，很想出去闲步，因为没有伴侣，所以跑上了涌金门头。想坐汽车到梵村，汽车不来，就坐了洋车，到龙井去玩了半天，十一点半钟才回到家里。

几天来想做文章，终于做不出。

午后和王母上西湖去，天时晴时雨，我们在三潭印月、杨庄、孤山、平湖秋月等处，玩到晚上才回来。

晚上一早就入睡，睡得很舒服，因为今天白天运动得适当，已经疲倦了的原因。

十三日，星期一，阴晴，热。（五月十四）。

午前苦欲执笔撰文，终究做不出来，没有法子，又只好上西湖上去跑，并且顺便去取了照相，和映霞二人合照的一张照得很好，我一个人照的一张半身却不佳。

午后在家睡午觉，傍晚起来，出去上各旧书铺去走了一遍。买了几本旧小说，和一部《有正味斋日记》。

晚上十点钟才上床。

十四日，星期二，晴雨不常，闷热。

午前在家不出，读Bunin's《Mitja's Liebe》③毕，书仅百页内外，系描写M之初恋的。初恋的心理状态总算描写得很周到，但终不是大作品，感人不深，不足以动人。还不如作者的其他一篇小说《Der Herr aus san Francisko》④，更为有力，更足以感人。

书中第二十八章，描写M与农妇Aljonka⑤通奸处很细致，我竟被它挑动了。像这些地方，是张资平竭力模仿的地方，在我是不足取的。

午后当出去洗澡，将数日来的恶浊洗尽了它。

读吴谷人《有正味斋日记》，很觉文言小品的可贵，想做一篇论文，名《日记文学》，为三十二期《洪水》的冒头。

午后在家不出，做了一篇文章，名《日记文学》，供《洪水》卅二期的稿子，自午前十一点半做起，做到午后三点钟止，马上出去付邮，大约今天晚上可以到上海，明天当可送到。洗澡回来，又去问八字，晚上在院子里纳凉，听盲人说休咎，十时就寝。

十五日，星期三，昨晚闷热，早晨微雨，旋即晴。

天旱得久了，农民都在望云霓，不晓得什么时候得下大雨。我记得在Knut Hamsun's《the Growth of the Soil》⑥里，有一段记天旱的文字，写得很单纯，很动人。

今天药已经完了，打算一早就上集庆寺去求复诊。病已愈了八九分，大约这一次药方服后，以后可以不服药了。作映霞信，因为她昨天有信来，我还没有复她。

傍午有同乡来访，系求荐者，就写了一封信给他。送他出去后，即乘汽车至灵隐集庆寺，时王母已先在候我了。问寺僧，知主持僧已先我们而入城去了，只好匆促回城内，在梅花碑育婴堂里，受了和尚的诊断，顺便去买药回家午膳，饭后睡到四点钟才醒。

醒来后，觉得天气还是闷热，写了一封给东京冯乃超，一封寄北京，一封寄武昌黄素如的信后，就出外上湖滨去闲步纳凉。夜饭前回家，读《有正味斋日记》上卷一册。

晚上大风雨，几日来的暑热一扫而尽。十点钟入睡，窗外的雨声，还在淅沥响着。

十六日，星期四，雨仍未歇。

今早睡到七点钟才醒，在床上读了一篇翻译成中文的小说，味道同吃糖皮一样，干燥而讨厌。

午饭前又读《有正味斋日记》下卷，觉得有趣味得多了。

接北京及上海来信，稿子还是做不出来，焦灼之至。荃君亦在担心我的病状，幸而昨日我信已发出，否则又要添她的愁虑了。

午后在家里坐听雨声，看了一册《有正味斋日记》下卷。日记里满载着行旅的景状，和入京后翰林儒臣诗酒流连的雅趣，内共有日记三篇，曰：还京日记；曰：澄怀园日记；曰：南归日记；时有骈俪写景文杂于其间，不过考证地名，及详述运河堤堰名等处，太使读者感到厌倦，从此可以知道考据家的无聊。

旁（傍）晚接映霞来信，即作了一封答函，冒雨去寄出，并往小同学某处坐谈了半个多钟头，因为小学校同学有许多聚合在那里。晚饭时，饮了一杯绍酒，服丸药后，就睡了，那时还不过九点钟，天气凉冷如秋。

十七日，星期五（旧历十八日），雨尚未歇。

来杭州已经二十天了，而成绩毫无，不过病体稍愈。早晨睡在床上读法文名人短篇集，很想做一篇小品，为《创造》七期撑撑门面，不晓得今明两天之内，也能够写成功不能，和映霞约定于后天早晨坐早车去上海，临去前，总要写成一篇东西才对。看从前所记日记，头昏痛了。

急了一天，又做不出东西来。午前去大方伯访友，不遇，顺便过书店去看了些新出的书籍。与同乡李氏谈，陆某亦来。

午后在家里睡午觉，晚上读法国名人小说集，早就眠，时尚未九点。临睡之前，映霞忽自嘉兴来。

十八日，星期六，晴雨不定，黄梅时正式的天气。

午前闷坐在家，映霞劝我去剪发，就到城站前去理发，一直到十二点钟。

午后天略放晴，有孙氏夫人来访，三点后和王母、映霞及保童等出游西湖，先至三潭印月，后过西泠印社平湖秋月，天上淡云微雨，时弄游人。旁（傍）晚归来，看见东北半天晴色。淡似虾背明蓝，宝俶塔直立在这明蓝的画里，美不可以言喻，至湖滨后，雇车到金刚寺巷，已经是野寺钟声齐动的时候了。

十九日，星期日，阴晴，时有微雨，旧历五月二十日。

午前在家，看小说名《海上尘天影》。著者自署为梁溪司香旧尉，有王韬序文，书出于清光绪二十年。楔子章回，体裁结构，全仿《红楼梦》，觉得肉麻得很。不过以当时海上妓女们作大观园里的金钗十二，可以看出一点当时上海妓院的风俗来，书的价值，远不如《海上花列传》。

午后稍睡，有留学时同学陈某来访，三点多钟，就和映霞及客出游，乘汽车到梵村，看一路风景。在梵村遇了雨，向一家茅亭里沽酒饮少许，就又坐了汽车回湖滨。上西园三楼吃茶，到夜才回来。

二十日，星期一，晴雨不常。

因为映霞来了，又加以上海有信来警告，属（嘱）我行时谨慎千万，所以上海之行，暂作罢论。拟至本礼拜日，再潜行赴上海也。昨天早晨，又寄了一篇《劳生日记》去，可以作《创造》七期稿用的，信也已经发出了。

午前湿云低迷，空际不亮，和映霞出至清波门外散步。出涌金门后，步行至钱王祠。柳浪闻莺处荷花已开满，荷叶上溜珠点点，昨晚上的雨迹，还在那儿。

十一点前后，天又下雨，急忙赶回家来。本来想到虎跑去饮清茶，终于没有去成。今朝是夏定侯出殡的日子，街上士女的聚观者倾巷塞途，杭州人的见识陋狭，就此可以想见了。

午后在家中坐雨，和映霞谈以后立身处世事。生不逢时，想来想去，终没有一条出路，末了两人都弄得盈盈欲泣。午后的几点钟头，正如五分钟的长，一转瞬就过去了。映霞的祖父来，就和他对饮到夜。

晚上复和映霞谈到十点钟，儿女浓情，英雄气短，今天身尝尽了。约于这一个礼拜天，坐夜车去上海，她在嘉兴车站候我。

二十一日，星期二，雨。

午前开了一回太阳，青空也露出了半角，本想劝映霞不去，再上湖中去玩半天，吃午饭的时候，忽而又云兴雨作，她就决意去嘉兴，午后两点钟，送她上了车，我一个人回来睡午觉。

报上登有冯玉祥和蒋介石在徐州会谈消息，大约两人间默契已成，看来北方军阀是一定可以打倒了。

晚上早睡。

二十二日，星期三，旧历五月廿三日，雨。

晨起一阵急雨，午前或者两点会停，当去虎跑寺走一遭。在杭州的余日，已无多了，这两三天内，当尽力游览一番。病似已全愈，身上脸上黄色褪尽，只有眼白里黄丝未褪，但只须保养，可以勿再服药。

早餐后，冒险出游，天上黑云尚在飞舞，但西南一角，已放光亮，可以慰行旅人的愁闷。风死雨停，闷热得很。有时亦露一条两条淡黄日光，予游人以一线希望。赶到杭富车站，正八点钟，头班汽车还没有开。

先坐车到闸口，上六和塔去看了一回旧题壁的词。一首是《蝶恋花》，是给前年冬天交结的一位游女的：

客里相思浑似水，似水相思，也带辛酸味。

我本逢场聊作戏，可怜误了多情你。

此去长安千万里，地北天南，后会无期矣。

忍泪劝君君切记，等闲莫负雏年纪。

一首是《金缕曲》，当时病倒在杭州，寄给北京的丁巽甫（《一只马蜂》的著者）杨金甫（《玉君》的作者）两人的：

兄等平安否？

记离时，都门击筑（丁），汉皋赌酒（杨）。

别后光阴驹过隙，又是一年将旧。

怕说与"新来病瘦！"

我自无能甘命薄，最伤心，母老妻儿幼。

身后事，赖良友。

半生积贮风双袖，悔当初，千金买笑，量珠论斗。

往日牢骚今懒发，发了还愁丢丑。

且莫问，"文章可有？"（二君当时催我寄稿于《现代评论》）

即使续成"秋柳"稿，语荒唐，要被方人咒。

言不尽，弟顿首。

因为当时正在读《弹指词》，所以不知不觉中，竟抄袭了梁汾的腔调。两词抄在当时的日记里，在此重抄一遍。

从六和塔下来，坐车到小天竺小息，就到虎跑寺去访毛某，谈了半日的禅道，十点钟前，辞别回到城里来。

午后天又下雨了，睡到四点多钟，出到女师访夏莱蒂，和他出来喝酒，他喝醉了，扶他回去，费了许多周折。

二十三日，星期四，（五月廿四），晴。

夜来大雨，早晨起了一阵凉风，霉雨似已过去，天气有点儿干燥起来了。

午前出去，上工业专门学校去访朋友，又过旗下湖滨，买了许多咸同之际的小家词集。

午后天阴气爽，又约王母等出至湖上。先上白云庵月下老人处问前程，得第五十五签。

永老无别离，万古常团聚。
愿天下有情的多成了眷属。

过高庄蒋庄小坐饮龙井茶，又上公园等处玩了半天。我到高庄，是在十五六年前，这一回旧地重游，果然是身世飘零，但往日同游伴侣中之位至将相者，有许多已经不在世了。感慨无量，做了两句诗：十五年前记旧游，当年游侣半荒丘，没有续成。

舟返湖滨，已经是七点钟前。西天落日，红霞返射在葛岭山头。远望湖上遥山，和湖水湖烟，接成一片。杭州城市，为晚烟所蔽，东南一带，只见几处高楼，浮耸在烟上。可惜湖滨多兵士，游人太嘈杂，不能细赏这西湖夏日的日暮的风光。后日将去杭州，今天的半日游，总算是我此次客杭一月来的殿末之游，下半年若来，不晓得人事天然，又要变得如何了。

晚上接嘉兴来信，映霞的同事们约我于星期六早车去禾，写日记写到晚上的十二点钟。

二十四日，星期五，天晴了，很觉得快活。

早晨一早就醒，看窗外天气，真晴爽如二三月，以后大约总无久雨了，可喜。

接映霞快信，感慰之至，她真是我的知己。作复信一，告以将于明晨去上海，在嘉兴落车。

午前，收拾在杭州所买书籍，装满两笭篮，还觉搁不起，大约共计买书数十元，因为是中国书，所以有如此之多。

访前在北京时所授徒，伊等已在杭州抢得一个地位了，谈了半天，自伤老大。

天气很好，热而不闷，且时有和煦之风吹来。午饭时饮酒尽一壶，饭后洗澡睡午觉，五点钟醒，仰视青天，颇有天下虽大，我欲何之之感。

在杭州住将一月，明日早车即去禾，大约在嘉兴游鸳湖一周，将附夜车到上海，客杭日记一卷，尽于今日。

一九二七年，六月二十四午后，五点钟记于杭州金刚寺巷映霞家。

注释:

① Dowson （英文），道森。

② Bunin's *Milja's Liebe* 蒲宁的《米佳的爱情》。

③ Bunin's *Mitja's Liebe* 见注②。

④ *Der Herr aus san Francisko*（德文），《旧金山来的绅士》。

⑤ Aljonka 阿隆卡。

⑥ Knut Hamsun's the *Growth of the Soil* 克努特·汉姆生的《土地的生长》。

厌炎日记

（1927年6月25日—7月31日）

六月二十五日，星期六，旧历五月二十七日，雨。

晨五时即起床，因为昨夜睡得很早。梳洗毕，正在吃早饭的时候，天忽而下起雨来了。今天一早就要乘车去嘉兴，所以郁郁不乐，觉得天时在和我作对。

七点钟冒雨去城站，来送者有王母及祖父王。映霞的二弟保童和我同行，十点钟到嘉兴。映霞在站上候我，车到站后，雨却晴了，在城外走了一阵，就上城内庆丰楼去定座请客，请的都是映霞的同事。吃到午后两点，大家方才散去，那时候天又下起雨来了。

在一家小旅馆听雨候车，望烟水里的南湖，终究不曾去得。

四点五十分，杭州开来的车到了，就和映霞、保童一道上车，晚上七点半钟到上海北站，天已经黑了，雨仍旧在丝丝落着。

坐马车到四马路的振华旅馆，住九十一号房，我和映霞一夜不睡，谈到天明。

二十六日，星期日，（五月二十八日），晴。

因昨晚事，映霞今天疲倦之至。

午后去访郭某、李某及石某，都不见到，今天星期，他们都已去应酬去了。

上内山书店，遇见了斯某，谈了些衷曲。晚上在"六合居"和映霞等吃饭，饭后又去看李某，托保童事，已成功了，明天午前十至十一点的中间，当和他去黄浦滩十五号访李。

今天路过西门，又买了几部旧书，一部是Catherine Jame's《Before the down》①，一部是德国Lisbet Dill's《Eine von Zn Viele》②。

晚上仍和映霞同床宿。日本林房雄有信来，托译中国左翼文艺集一册。

二十七日，星期一，（五月二十八），晴。

是真正的夏天天气了，海上时有凉风吹来，太阳光里行动时，大半的人都汗流如雨下，可是晚上仍是很凉快。

午前去高昌庙看衡青，不遇。十一点的时候，送保童去考中央银行的练习生，见了文伯、孤帆诸人。午后在家小睡，又和映霞上周文达那里去，行走到夜。

夜饭在"福禄寿"吃，和映霞买了许多东西，谈到将去北京一节，她哭了好多时。

入睡已经是二点多了，她明天要趁早车回嘉兴去。

二十八日，星期二，晴。

早晨五点钟就起来梳洗，送映霞上火车站去，买了票，送她上车去坐好，我就回到出版部去看了些信和书。又过各旧书铺，买了几本不必要的小说和诗集。午后有暇，当去访适之及他们的新月书店。

新月书店，开在法界，是适之、志摩等所创设。他们有钱并且有人，大约总能够在出版界上占一个势力。

适之住在极司菲而路四十九号甲的洋房里，午后三点多钟到他那里，他不在家，留了一个名刺给他和惠慈。

晚上访王独清、华林等于金神父路，买了一本Wilkie Collins③的小说，名《No Name》④。柯林斯的小说，结构很好，是后来许多通俗小说家的先驱，虽则不是第一流的作家，但是在小说匠的流辈里，可以算得一位健将。他的《The Woman in White》⑤，已经是妇孺相知的通俗书了。

读一位无名作家的小说到九点钟，就上床睡觉。

二十九日，星期三，（旧历六月初一日），阴晴。晚上雨。

晨起就往虹口，看了些新出的日本杂志，买了一本《文艺春秋》，在一家日本馆子里吃了一顿饱饭，走上出版部去。

有许多函件来稿，带了到旅馆里来。这几天完全思路不清，头脑昏乱，所以做不出东西来，从明天起，当勉强的写几篇小说出来卖钱。

午后约一位商人在六合居吃饭，饭后睡了半天，晚上天潇潇下了微雨，心里很是悲凉，映霞的胞弟保童明天要回杭州，写了一封信托他带去，教他在嘉兴车站上转交给映霞。

三十日，星期四，（旧历六月初二），晴，时时下几点雨。

昨晚上因为看书看到了十二点多钟，所以今天觉得心神不快。早晨八点前，送保童上沪杭车站去了一趟。就跑上出版部去。在虹口走了一圈，买了些日文旧小说，回来到旅馆，遇见了独清。他来警告我行动须秘密一点，不要为坏人所害。

和独清在一家扬州馆吃中饭，回来睡了一觉，直到午后四点钟才起来。

出去看了适之，和他谈了些关于浙江教育的事情，大约大学院成立的时期总还很远，因为没有经费。

顺便又到法院旁的陈通伯家去看了一趟，遇见了陈小姊，和她谈了一个钟头。

从陈家出来，太阳已经将下山了，复回创造社去了一次，接到了几封杭州嘉兴来的信。

晚上去内山书店，又上沧州旅馆去看王文伯，没有遇着，回来写了一封给映霞的信。

今天天气很热，路过大华饭店，见有电影名《巴黎的夜半》，很想进去看看，因为怕遇见熟人，所以不去。

六月又于今天尽了，明天起，已是炎热正盛的七月，我不晓得入了七月以后，自己的思想行动，有没有一丝进步，从明朝起当写些东西。

七月一日，星期五，（旧六月初三），闷热。

天气闷得很，是霉雨时候特有的气象，弄得人真真气都吐不出来。

早晨蛰伏在旅馆里，十点前后出去吃早餐，流了一身的汗，昨夜来似乎伤了风，所以汗格外出得多，头脑有一点昏，想做文章却做不出来。

早餐后上书店去看了一回新到的洋书，有一部中国小说《第二才子风月传》的英译本在书架上，翻下来一看，原来是从法文重译出来的，英译名《The Breeze in the moon-light》⑥，书名真译得美丽不过。

上各处去走了一趟，就买了一部《风月传》来读，一直读到将夜。这书的著者不详，然而旧小说中象这样Romantic，Perfect⑦的东西，实在少有。我初见外国译书的名目的时候，以为总不外乎一部平常的传奇小说罢了，然而打开来一读，觉得作者笔致的周到，有近代中国名作家所万赶不上的地方。空的时候当做一篇文章来介绍介绍，好教一般新作家得认识认识这位无名的作家。

　　晚上大雨，我一个人在酒馆里吃晚饭，倒也觉得清闲自在。饭后回来，又看了一篇日本人做的小说，十点钟敲后上床就寝，窗外的雨还未歇。

二日，星期六，（六月初四），热而且闷，大雷雨。

　　早晨写了两封信，一封给映霞，一封给杭州映霞的祖父的。饭后上出版部去了一次，接了几封映霞的来信。

　　午后无聊之至，想做文章又做不出来，不得已只好乱读了些西洋的作品，俄国爱伦婆尔古的小说《勿利奥，勿来尼特及其弟子等》今天开始读了。

　　晚上上新旅社去看了几位同乡，和他们打牌打到了半夜才回来，睡的时候，人倦极了。

三日，星期日，晴，后雨。（六月初五）。

　　晨起已经是十点多钟了。上城隍庙去吃中饭，并且买了些书来，读到将夜出去。

先到内山书店，然后去访了一位朋友郑氏，又过法界新月书店去看了一趟。和独清、伯奇两人吃晚饭，谈到半夜，他们才回去。

四日，星期一，雨。

自早晨落雨，落到晚上，一刻也没有停过。

看了一日的书，觉得很头痛，几天来似乎伤风了，总觉得不舒服，做文章也做不出。

楼建南来看我，午后和他去洗澡。

晚上很想念映霞，写了一封信给她，中间附词一首：

《扬州慢》

客里光阴，黄梅天气，孤灯照断深宵。

记春游当日，尽湖上逍遥。

自车向离亭别后，冷吟闲醉，多少无聊！

况此际征帆待发，大海船招。

想思已苦，更愁予，身世萧条。

恨司马家贫，江郎才尽，李广难朝。

却喜君心坚洁，情深处，够我魂销。

叫真真画里，商量供幅生绡。

五日，星期二，大雨终日。（六月初七）。

因昨晚上睡不着，今早九点钟才起床，窗外头雨脚正繁，很想出去，但又不能。

到中午的时候，天晴了半刻，就上创造社出版部去，遇见独清也在那里。

早晨做了一篇仓田百三的《出家及其弟子》译本的序文，总算是这一次到上海来后，做的第一篇文章，共有二千字内外。

和独清出来，在"美丽川菜馆"吃饭。饭后又上出版部去了一趟，办理了些杂务，二点多钟，上内山书店去，杂谈到夜。田汉、伯奇等也在那里，就一道出去吃晚饭，饭后去中央会堂看新剧，遇见了志摩等，到十二点钟，冒雨回旅馆，读书读到午前二点。

六日，星期三，大雨。（六月初八）。

睡到十点钟起来，无聊之至，上中美书店去买了两本英文小说。一本是James Joyce's《Dubliners》⑧，一本是George Gissing's《New Grub Street》⑨，又过德国书店买了一本德文近代短篇小说集。读书读到午后，又出去了一趟。

上创造社去，接到了映霞的两封信，知道她想到上海再来看我的病状。晚上写了她的复信，因为无聊，就出去上大世界去听戏，到

219

十二点才冒雨回来。

七日至十五日，天气炎热，天天晴。

住在旅馆内，无聊之至。八日映霞自嘉兴来，和她玩了三五天，曾到半淞园法国公园等处看月亮，十二的晚上，佐藤春夫到上海，和他玩了半夜。

十三日午后，映霞乘晚车赴杭，送她到车上，回来洗澡更衣，休息了两天。

今天是七月十五日了，昨天接到北京荃君来信，就写了一封快信去复她，答应她于一二星期后赴京。今天又接北京曼兄来信，大骂我与映霞的事情，气愤之至。

午后上佐藤春夫处，伊已出外去了，就在鸭绿路一带闲走了两个钟头，看见了许多盐酸梅。

晚上凉快，拟于这两日内做成一篇小说去卖钱，好搬回闸北去住，大约住到月底以后，可上北京去。今天接到映霞自杭州来信，写了一封复信给她，保童的事情，已经决定了。

十六日，星期六，旧历六月十八日，晴，热。

数日来连夜月明，所以晚上睡得很迟，弄得身体坏极了。今天晨起就做小说，一直写到午后五点多钟，写成了一篇七千余字的小说，名《微雪的早晨》，打算去卖给《东方杂志》，或《教育杂志》。晚上在南洋西菜馆吃晚饭，遇见适之，和他约定合请佐藤春夫吃饭，他说除礼拜一二外，每日都有空的。

接映霞信，她说她很想我，我也在想她，明早当写一封信去。

十七日，星期日，阴晴，有点儿闷。（六月十九）。

今天是六月十九，民间传说是观音菩萨的生日。我想起了儿时故乡当这一天的热闹，我想起了圆通庵里看女子的事情，我更想起了少时我所遇见的第一个女人，在桥头立着的风神。

天气很闷，时雨时晴，午前在家里睡觉，因为昨天写了一天小说，今天觉得有点疲倦，大约是睡眠不足的原因。十一点钟的时候上新闸路去把映霞为我缝的两套绸衣取了来，就在旅馆前面的那家酒馆里吃了午饭。

午后出去，上内山书店坐了半天，买了几本日文小说。在那里遇见了日本报上海《每日新闻》的记者，他告诉我说，明天在日本人俱乐部开会欢迎佐藤春夫，要我也一定去参预晚餐会，并且要我去邀欧阳予倩等也加入。

午后三四点钟回到旅馆来睡觉，不久许杰来谈，谈到晚上的九点多钟。

许杰去后，出去上法界吉益里的予倩家内，告诉他以明天的事情，更顺便去邀了独清、田汉等。回来看昨天做的小说，修改了一下，换了一个题目名《考试》，打算明天去卖给商务印书馆的《教育杂志》。上床就寝，已经是十二点钟过了。

十八日，星期一，晴，热。（六月二十日）。

晨起就到出版部去，已经将近十点钟了。将那篇小说拿到商务印书馆的《教育杂志》编辑处去，卖了四十块钱。

又接到映霞的来信，托我买布，在上海各铺觅遍，不能得那一种花样的纱布，所以只买了三百支烟，托伙计到杭州去的人带了去。

午后在家睡觉，明天打算搬到创造社出版部去住。将晚的时候，上法界的俄国书铺里去，买了底下的三册书：

Von Trotz und Trene, Bogislow V. Selchow.[10]

《Summer》，R.Rolland，The Second Volume of《the Soul enchanted》.（English）[11]

《Memoirs of my dead life》，George Moors.[12]

摩亚的《过去记》里，很有几篇好小说，打算译一点出来。罗曼·罗兰的《夏天》大约也是一部好书，打算就在这几天读它完来。晚上日人招待我与佐藤春夫，主催者为上海每日新闻社，到了欧阳予倩，荻原贞雄及《大阪每日新闻》上海支局记者等二十多人。

在日本人俱乐部吃完晚饭后，又到六三亭去喝酒，喝到午前二点，才坐了汽车回来。我的对酌者为马妹洛姑，在上海总算是第一流的日本妓女了。

约定于二十日晚上，再招佐藤来吃晚饭，当请志摩、适之、予倩等来作陪客。

十九日，星期二，晴，热。（六月二十一日）。

午前八点过起床，就上出版部去取了商务印书馆送来的四十块钱。弄到午前十一点半，才把振华旅馆里的账算清，并且把行李搬出，搬上出版部去。

因为天气太热，黄包车夫敲竹杠，气不过，就雇了一辆马车搬运行李。

午后出去同佐藤春夫及他的太太妹妹上城隍庙半淞园去玩，吃茶谈天，一直游到六点多同回他们的旅馆。洗澡吃晚饭后，又有两日人来访佐藤，同他们一同出去上六三花园去征妓喝酒。月儿刚从东方树林里升起来，在六三花园的楼上远望过去，看见晴空淡白的中间，有一道金光在灿射。四面的树梢静寂，夜半人稀，黑黝黝的一片，好象是在海上的舟中。和妓女等卷帘看月，向天半的银河洗手，开襟迎半夜里的凉风，倒也有一点趣味。写了几张作合的邮片寄东京的作家菊池宽等，一直到十二点钟过后才坐汽车出来。

风凉月沽，长街上人影也没有一个，兜了一圈风，又和佐藤、荻原等上青鸟馆，虹口园及卡而登跳舞场去，遇见了些奇怪的舞女，一位日本的女青年和一位俄国的少妇，和我们谈天喝酒，一直闹到早晨的四点，同佐藤并坐了一辆小汽车，于晨光稀微的早市里跑回虹口的旅馆去，心里却感到了一点倦游的悲怀，在佐藤房里的沙发上睡了一觉，七点钟就跑回到出版部来。

二十日，星期三，晴，热极。（六月二十二日）。

早晨看见报上有我们前晚在日本人俱乐部照的那张照相，从火热的太阳光里走上法界的各处去请客。午后一点多钟，在田汉家里又遇见了佐藤夫人，和她及田唐两太太坐汽车去先施、永安买些东西，在"福禄寿"的客堂里吃冰闲谈，坐到晚上。

回佐藤的旅馆去坐了一会，于向晚的时候又和佐藤及唐太太等去坐汽车兜了一圈风。

八点钟到功德林去，适之、通伯、予倩、志摩等已先在那里了。喝酒听歌，谈天说地，又闹到半夜。

在"福禄寿"饮冰水，等到十二点后，上天蟾舞台去看了许多伶人的后台化装（妆），送佐藤到旅馆，回家来睡，已经是午前两点多钟了。

二十一日，星期四，晴，热极。

午前为创造社公务忙了半天，午后在家里整理来稿，汗淋了一身，补记两日来的日记，写了一封信给映霞，告以这两天的忙碌，和没有工夫写信给她的苦衷。信写完后已经是五点钟了。

拿了这封信跑出去，天上的太阳，还晒得人头昏眼晕，先上佐藤那里去了一下，又往各处去走了一遍，到七点钟才上新新公司去吃晚饭，是现代评论社请的客，座上遇了适之、蘅青、复初等许多人。

吃完晚饭，又和田汉去大华饭店看电影吃冰水。一直到午前一点钟。

二十二日，晴热，午后大雨，星期五。

早晨起来，就有许多人来访，和他们出去，上婀娜那里，听到了许多不愉快的话，把我气死了。

和伯奇、独清等上虹口日本菜馆去吃饭，饭后上浴室洗澡，遇着了大雨。

晚上上佐藤处，和他们走走，到十二点后回出版部。

二十三日，星期六，晴，热。

七点半起床，作映霞信，因为她昨天来了快信。

早晨所以起得这样早的原因，就因为昨晚上和佐藤约定，一早就去打听他上南京去的事情的。九点钟的时候，上佐藤那里，和他一道出去，去访法界的田汉，田汉本约定亲自陪佐藤去南京的。延宕到了现在，有十几天了，终究没有去成，佐藤也等得心焦了，他的夫人也在埋怨佐藤了。和田汉谈了一会，决定了明早动身北去，我们到午前十一点左右，就和一位德国夫人及一位康女士，一道出来吃饭。在四川路一家外国饭馆，名奇美的饭店里吃饭。

吃完中饭，又到佐藤的旅馆里去，他太太大发脾气，一直坐到日暮，才和他们一道出来，上永安公司去买物购衣，末了，又上美丽去请他们吃晚饭。

吃完饭后，走了一圈，仍复上法界田宅去问讯。决定明早一定起行，我因为上南京去不得，约定于明早八点，上车站去相送。晚上进佐藤夫妇回旅馆后，又和那位德国夫人坐汽车兜了一圈风。

二十四日，星期日，晴，热。（旧历六月廿六日）。

早晨八点钟，赶上火车站去送佐藤，谁知田汉又改了行期，佐藤以汽车来接我去商量办法，不得已就只好和他及他的夫人妹妹一同先到杭州去玩。

九点十五分开车，一直到午后五点钟才到杭州城站。路上军人如臭虫，层积累堆。坐的车位，也为这一个阶级占据尽了。我说中国军队，如臭虫一样，并不是骂他们，实在觉得这譬喻还不大相称，因为臭虫只能吮吸人血，不能直接使人死亡，而军人恐怕有使中华民族灭亡的危险。这军人系指新旧的军人一概而言，因为国民革命军人和其他军人，都是一样的腐败，一样的恶毒，军人不绝迹，中国是没有救药的。

午后五点钟到了杭州，先送佐藤氏三人上西湖饭店去住下，我一个人然后到映霞的家里去和她相见。她不幸不在家，我等了一会，只好仍复出来上西湖饭店，去陪佐藤夫妇吃饭游湖。

游到晚上十点钟，才回到映霞家里，她病了，睡在床上。又是十几天不见，使我在灯光下看了她的清瘦的面容，不知不觉的又感伤了起来。谈到十二点钟，才上东床去睡，觉得牙齿有点痛。

二十五日，星期一，晴，热（旧历六月廿七日）。

早晨和映霞去访佐藤于西湖饭店，在湖滨"知味观"吃饭，十二点前后，坐汽车上灵隐去。在灵隐寺里走了一圈，又坐肩舆上韬光去喝茶。太阳光很大，竹林里吹来的凉风，真快活煞人。

下韬光后，在灵隐老虎洞前照了一张相，仍复坐洋轿上清涟寺紫云洞等处。六月的深山洞里，凉冷如秋。今天是中伏的起头一日，路上来往烧伏香的人不少。

上岳庙后，就在杏花村吃晚饭，饭后摇到三潭印月，已经是满天星斗了。

星光映在池里，她们都误作了萤光，在那里捉逐。

晚上回湖滨小坐，到家睡觉，已经是十点钟敲过后了。

二十六日，星期二，晴，热。（旧历六月廿八日）。

本打算今天早车去上海，因为要买物购书，所以又耽误了一天。

早晨和他们去杭州市大街买绸缎等类，中午上映霞家去吃饭。爹爹二南先生撰诗两首，写了三幅字送给佐藤，宾主尽欢而散。

午后三点多钟，坐汽车到六和塔去，坐到五点多钟，回湖滨。改坐湖船仍旧上三潭印月等处去喝茶，晚饭在"楼外楼"屋顶上吃，十点钟回家就寝。

二十七日，星期三，晴，热。

一早就起来，上西湖饭店去催他们起床。坐汽车到城站，趁七点四十分特别快车回上海。映霞来送我，离亭话别，又滴了几滴伤心的眼泪。到上海已经是午后二点了，上佐藤旅馆去坐谈到夜，出席于文艺漫谈会。十二点多钟，上澡堂去洗了一个澡，回出版部来睡，已经是一点多钟了，牙齿痛，蚊子也多，睡不安稳。

二十八日，星期四，晴，热（旧历六月三十日）。

早晨起来，就上法界田汉家去。又遇见了那位德国夫人，她一定要跟我出来，和她跑了一天。

晚上送佐藤上南京去，在车站上遇见了北京的朋友邓某。从车站出来，先在马路上和德国夫人兜了一圈风，就去法界霞飞路东华电影院看电影，晚上回家来睡觉，已经是十二点多了。

二十九日，星期五，晴热。（旧历七月初一日）。

早晨独清来，和他出去走了半天，在日本饭馆里吃午饭。同去访佐藤夫人，答应她晚上去和她看电影。

午后在澡堂里睡了一觉，洗澡后出来，已经是四点钟了。访陈通伯，谈了一忽。

回出版部来，接到了北京的一封信，心里很是不快活。补记六天来的日记，在出版部吃晚饭。

饭后出至佐藤氏寄寓之旅馆，和他的太太及妹妹出至大世界游。

在露天茶园里遇见之音，两月来不见，她却肥得多了。

送佐藤夫人回旅馆后，又上振华旅馆去访周静豪，托以丁某在狱事。回出版部已将近午前两点，一味秋意，凉气逼人。

三十日，星期六，晴热，旧历七月初二日。

阅报知北京今年大热，我很为荃君辈担心，昨天接她的来信，又觉得心里发火。但是无论如何，她总是一个弱女子，我总要为她和映霞两人，牺牲我的一切。现在牺牲的径路已经决定了，我只须照这样的做去就行。

晨起就写了一封给映霞的信，想作小说，因为楼上太热，不能执笔，午前在家中读摩亚氏小说，《过去的回忆》头上一段Apologia[13]，很有趣味，此书我在十几年前头曾经读过，现在已经是读第二次了。

午饭后小睡，因天热直到午后四点多钟方出去。上佐藤夫人处小坐，又上通伯那里去旁听现代评论社的开会。他们都是新兴官吏阶级，我决定以后不再去出席了。

晚上回家来吃晚饭，路过北河南路。见有盂兰会的旗鼓，很动了一点乡愁，想到小的时候在故乡市上看放焰口的光景。又是七月底了，夏天尽了，今年又是半年过去了。

晚饭后出去至佐藤夫人处，陪她们去看电影，在海宁路一电影院内，影片名《Midnight Sun》[14]，是美国出品，系叙一舞女与一陆军将校毕业生的恋爱的。中间写有俄国革命以前的贵族的腐败情形，及革命党初期的牺牲热忱，尚不失为一好影片。

影片看完，送佐藤夫人等返旅舍，已经是十一点半了。一路上坐黄包车回来，颇感到了身世的不安，原因似乎在北京荃君给我的那封威胁信上。我想万一事不如意，情愿和映霞两人去踏海而死，因为中国的将来，实在没有什么希望，做人真真没趣。不过在未死之先，我还想整作一番，奋斗一番，且尽我的力量以求生，七月只剩明天一天了，从八月一日起，再拚命来下一番死功夫。

三十一日，星期日，晴热。（旧历七月初三日）。

早晨八点钟就起了床，听见仿吾已经来上海，因即去大东看他。谈到了中午，回到出版部吃午饭。饭后去访佐藤夫人，四点多钟，和她们去城隍庙玩，回到"陶乐春"吃夜饭。饭后回出版部，谈整理部务计划。

夜十时谈到了北京分部的事情。决计于二星期后北去。一则略略料理一点家务，可以安心去国，作异国永住之人。二则可以将创造社出版部事务全部交出，亦可以从此脱手。

七月日记，尽于今日，天风习习，天貌沉沉，我对于将来，对于中国，对于创造社，都抱一种悲戚的深愁，但愿花长好，月长圆，世上的人亦长聪明，不至再自投罗网，潦倒得同我一样。

一九二七年，七月三十一日夜十时记。

注释：

①　Catherine Jame's *Before the down* 凯瑟琳·詹姆斯的《日落黄昏前》。

②　Lisbet Dill's *Eine von Zn Viele* （德文），疑郁达夫拼写有误，当为利斯贝特·迪尔斯《许多人之一》。

③　Wilkie Collins　威尔基·科林斯（1824—1889年），英国著名小说家，剧作家，后世推理小说的先驱人物。

④　*No Name* （英文），《无题》。

⑤　*The Woman in White* （英文），《白衣女子》。

⑥　*The Breeze in the moon−light* （英文），《月光下的微风》。

⑦　Romantic, Perfect （英文），浪漫而完美。

⑧　James Joyce's Dubliners （英文），詹姆斯·乔伊斯的《都柏林的人》。

⑨　George Gissing's *New Grub Street* 乔治·吉辛的《新寒士街》。

⑩　Von Trotz und Trene, Bogislow V. Selchow. （德文），疑郁达夫拼写有误，当为楚·塞尔筹的《蔑视与忠诚》，系作者的诗集。

⑪　Summer, R.Rolland, The Second Volume of the *Soul enchanted.* （English）　罗曼·罗兰的《夏天》，《母与子》的第二部（旧译《欣悦的灵魂》）。

⑫　*Memoirs of my dead life*，George Moors. 乔治·穆尔的《过去的回忆》。

⑬　Apologia 辩解辞。

⑭　*Midnight Sun*《午夜的太阳》。

232

后 叙

　　半年来的生活记录，全部揭开在大家的眼前了，知我罪我，请读者自由判断，我也不必在此的强词掩饰。不过中年以后，如何的遇到情感上的变迁，左驰右旋，如何的做了大家攻击的中心，牺牲了一切还不算，末了又如何的受人暗算，致十数年来的老友，都不得不按剑相向，这些事情，或者这部日记，可以为我申剖一二。

　　文人卖到日记和书函，是走到末路的末路时的行为，我的所以到此地步，也是由于我自己的生性愚鲁，致一误于部下的暗箭，再误于故友的违离。读到歌德晚年叙《Fanst》①的卷首之诗，不自觉的黯然泪落了。

　　唉，总之做官的有他们的福分，发财的有他们的才能，而借虎威锋风，放射暗箭的，也有他们的小狐狸的聪明。到头来弄得不得不卖自己的个人私记，以糊口养生的，也由他自己的愚笨无智。

　　我不怨天，不尤人，更不想发牢骚，不过想自己说说自己的倒霉行径，请大家不再要去踏我的覆辙。

编完了半年来的日记，茫茫然，混混然，写这几笔字好作个后叙。

一九二七年，八月十四日，叙于上海的寄寓中。

注释：

① Fanst 《浮士德》，德国作家歌德的长篇诗剧。

出版后记

　　《日记九种》是郁达夫1926年11月3日至1927年7月31日的日记，1927年9月由北新书局初版。

　　《日记九种》内容通俗，由作者本人选定出版，该书中披露了大量和王映霞恋爱的细节，具有不可替代的史料性，是研究作家郁达夫，以及其文学心理最重要著作之一。

　　本次出版的《日记九种》，参照1927年9月北新书局的初版本排印而成。为尊重作者，原文中个别错误之处未予改动，另作注释说明。

　　在此书的出版过程中，著名学者董炳月先生曾提出了宝贵的意见，在此表示特别的感谢。另外，还有很多人对此书的出版付出了心血，未尽之意，一并予以感谢。

编者

2013年5月